감성대장간

감성대장간

이영진 쓰고 — 소리여행 그리다

글라이더

사람 냄새가
그리운 날에는

어서 오세요. 감성대장간입니다.

정말 잘 오셨어요. 숨 쉬는 찰나마저도 앗아가는 세상살이에 많이 지치셨죠. 그래도 괜찮습니다. 여기 찾아오시는 분들, 다 그렇게 오셨다가 마음 단단히 여미고 떠나시거든요. 잠깐 앉아서 가쁜 호흡을 좀 가다듬고 계세요. 저는 차 한 잔과 이야깃거리를 내오겠습니다.

세상 모든 것에는 고유한 향기가 있다고 합니다. 예전에는 몰랐는데 그것은 단순히 코를 자극하는 일만 하는 건 아니더라고요. 새콤달콤하게 퍼지는 김치찌개 냄새는 가슴에 엄마를 데려다 놓고요. 흔들리는 꽃들 속에서 느끼는 샴푸 향은 사랑을 떠올리게 하니까요. 어쩌면 사람은 향을 맡으면서 그 안에 담아둔 누군가를 느끼려고 하는 것일지도 모른다는 생각이 들었습니다. 온갖 좋은 기운 만끽하려고요. 다시 일어서기 위해서, 다시 한번 잘 살아보려고.

당신과 나, 우리에게도 사람 냄새라고 불리는 향이 있어요. 코로 맡을 수는 없지만 분명히 존재하는 향기죠. 인간적이고, 따뜻하면서, 고개를 절로 끄덕이게 하는 것. 언제부터인지 그 향을 느끼기 어렵게 됐어요. 아무래도 현 시대는, 기계를 돌리듯 한순간도 우릴 가만히 두질 않으니 그럴 만도 하죠. 그러나 사람 냄새가 여전히 우리 안에 있다는 사실을 부정하기는 어렵습니다. 지금 이 순간에도 그대에게서 퍼지는 은은한 향을 보면.

살다 보니, 이 사람 냄새가 그렇게 그리운 날이 있더라고요. 왜 있잖아요. 강렬하거나 밍밍하지 않으면서도 괜스레 미소 짓게 하는 그런 냄새. 그러나 찾기 어려웠어요. 운 좋

감성대장간

게 찾더라도 뉴스나 신문의 한 귀퉁이를 밋밋하게 장식하고 있을 뿐이었지요. 아무래도 경제 성장률이나 예금 이자율, 정치판에서 흘러나오는 숫자가 더 좋은 자리를 차지하고 있으니 그럴 수밖에요. 그래서 안타까운 마음에 감성대장간이라는 블로그를 열었습니다. 누구나 식은 삶을 달궈 사람 냄새나는 삶을 살기를 바라면서.

이 길을 걷겠다고 다짐했을 때, 많은 분이 응원해주셨어요. 제정신이냐고 손가락질하신 분이 더 많았다는 건 비밀입니다. 그러나 죽어가는 가치들에 관해 글을 쓰고, 사람 냄새나는 일이 진짜라고 말하겠다는, 무엇보다 사람이 먼저인 가치를 만들겠다는 제 신념을 꺾진 못했어요. 저는 이 길에 행복의 비밀이 있다는 확신이 있었거든요. 어쩌다 그 향을 마주하면 다시 사는 기분이 들었으니까요.

기술 문명의 발달로 인간의 삶이 더 나아질 거라고 떠들썩해요. 사실, 저는 잘 모르겠어요. 여전히 텅 빈 듯한 느낌을 달고 사는 우리를 보면 말이죠. 세상은 점점 빨라지지만 사람의 마음은 그 속도를 따라갈 요량이 없어요. 이제는 삶의 귀퉁이로 내몰았던 가치들을 되찾아야 할 때에요. 꾹꾹 눌러두었던 감성을 꺼내어 하늘에 어퍼컷을 올려야 합니다.

결국 사람이란, 싸늘한 냉기 안에서 퍼지는 작은 온기로 사는 게 아니겠는지요. 세상 참 차갑지만, 이 책이 당신에게 그런 따뜻함이 되길 소망합니다. 무엇보다 그동안 잊고 살아온 삶의 가치에 대해 스스로 묻고 답하는 시간을 가졌으면 하는 바람입니다. 그리하여 당신에게 나는 사람 냄새가 다른 누군가에게 전해지면 좋겠어요. 마음에서 무언가 꿈틀댄다면 모든 것이 가능하겠습니다.

이 책을 읽는 동안에는
그대에게서 뿜어져 나오는
사람 냄새를 만끽하시기 바라며

파주 헤이리를 거닐다가
이영진

차례

1 · 풀무

바람을 넣다

불은 바람을 만나야

본질을 깨닫는다.

그대를 타오르게 하는 것들

불의 앞날은 나면서부터 정해지지 않는다. 그것은 자기 옆구리에서 스멀대는 바람을 움키느냐 마느냐에 달렸다. 그 없는 거나 다름없는 선택의 찰나가 운명을 정하는 것이다. 여린 입김으로도 삽시간에 사라지는 잔불과 천지를 태우고도 남을 큰불은 그렇게 만들어진다. 그러나 숨이 다해가는 잔불도 살고자 바람을 붙잡으면, 기어코 자기의 본질을 깨닫게 된다. 불에게 바람은 곧 꿈이기 때문이다.

웃다

그래도 웃으며 왔기에
그대도 위대한 삶이에요.

겨울에서 봄으로 넘어가는 무렵, 오른쪽 무릎의 통증이 참을 수 없을 정도로 심해졌다. 그간 병원에 가라는 숱한 조언을 무시한 결과다. 담당의는 연골이 파열되어 수술이 필요하다고 말하면서, 통증이 심했을 텐데 그동안 어떻게 참았냐고 의아해했다. 나는 약간 덜떨어진 탓에 그 순간에도 인내라는 자랑거리를 잡아내어 으쓱대고 있었다. 며칠 뒤, 수술대에 눕자 척수로 들어오는 마취제에 그 잘난 인내력도 나가떨어졌다. 태어나 처음 겪는 병원 신세는 그야말로 고약했다. 무심결에 내다본 병실 밖의 세상은 영락없는 봄이었으나 내가 누운 병상은 아직 겨울이었다.

이튿날, 같은 병실에서 커튼 하나로 보초를 서던 사람들

감성 대장간

이 하나둘씩 그 장막을 걷어내기 시작했다. 서로를 아군으로 판명한 모양이었다. 그러자 자연스럽게 통성명이 시작되었다. 으레 남자들끼리 모인 곳에는 서로의 벼슬을 견주는 일이 비일비재하다. 동물들이 야생에서 물어뜯고 할퀴며 확인하는 일을 인간이라는 이유로 고상하게 하는 것일 뿐, 그 본질은 같다. 다들 서로의 벼슬을 견주느라 정신이 빠졌을 때, 이제 팔순이라는 노인이 유독 눈에 들어왔다. 그 노인의 입에서 이루어지는 미소와 말에 반하고 만 것이다.

노인은 병실에 있는 그 누구보다 건장한 사나이 같았다. 호걸스러운 기품이 가득하면서도 선을 넘지 않는 절제를 갖춘 사람이었다. 인간적인 모습만큼이나 그를 병문안 온 사람도 꽤 많았는데 나는 그때마다 가슴이 뭉클했다. 모두 걱정스러워하고 눈시울을 적시는데도 노인은 환한 미소를 멈추지 않았기 때문이다. 그 모습은 마치 드라마처럼 감동적이고 인상적이었다. 그렇게 시간은 흘렀고 나머지 환자들의 자리는 비거나 바뀌었지만 팔순의 사나이와 나는 여전히 자리를 지켰다. 우리는 조금 더 깊은 이야기를 나누며 서로에게 길들여졌다.

입원한 지 일주일쯤 되었을 때, 담당의에게서 퇴원해도 좋다는 명을 받았다. 회복이 빠르다는 말에 기뻐했으나 이내 시무룩해졌다. 밍밍한 병원밥에서 해방되는 기쁨보다 노인과의 이별이 더 크게 다가왔기 때문이다. 나는 마지막 날이 더욱더 애틋해져 그에게 삶에 대한 깨달음을 얻어가야겠다는 생각이 들었다. 몸은 겨울처럼 묶여있었지만 생각은 봄처럼 그의 뒤를 좇고 있었다. 각자의 침대 위에서 마주하고 식사를 하던 중 내가 물었다. "어르신, 인생을 살다가 힘들고 어려울 때는 어떻게 해야 합니까?" 옅은 미소와 함께 노인이 입을 열었다.

"그런 게 어딨어, 그냥 웃으면 돼!"

생각보다 멋은 없었지만 참 명쾌한 진리였다. 힘들고 어려울 때 짓는 표정을 상상해보면 그 상황에서 웃는 것도 쉬운 일은 아니리라. 시련 앞에 웃으면 된다는 대답은 들숨과 날숨의 교차처럼 뭔가 살아있는 듯했다. 사연 많은 그의 인생에서 나온 최고의 현답이었다. 노인의 입술 끝은 무언가

감성대장간

보탤 말이 많아 보였지만 말을 아끼며 자신의 대답을 약간 보충했다. "젊은이, 힘들 때 너무 애쓰려고 하지 마. 그냥 한 번 웃으면 생각이 달라질 거야. 그게 인간이거든." 과연 팔십 년을 지탱해온 삶의 지혜였다. 아주 간단했지만 묵직한 메시지에 나는 두 눈을 질끈 감았다. 사람이 웃음을 잃으면 나아갈 수 없다는 깨달음을 얻은 것이다. 진리를 얻었다는 생각에 마음이 든든했다.

퇴원하고 며칠 뒤, 다시 찾은 병원에 노인은 없었다. 아쉬웠지만 노인이 있어야 할 곳은 병원보다야 집이 낫다는 생각으로 스스로를 달랬다. 그러고 보니 노인이 입원했던 이유를 묻지 않은 게 떠올랐다. 노인의 입술에만 집중하느라 마땅히 물어야 할 질문을 놓친 것이다. 미안한 마음에 간호사에게 그의 안부를 물었으나 뜻밖의 소식을 듣게 되었다. 다부진 사내 같던 노인이 폐암 말기로 이미 시한부 인생을 산 지 꽤 되었다는 것이다. 그러나 기적적으로 시한을 한두 번 넘기기 시작하더니, 답답하면 집에 갔다가 이상하다 싶으면 병원에 와서 한 일주일을 쉬다 간단다. 죽음을 자유자재로 손에 쥔 그가 마치 신선처럼 느껴졌다. 본인은 정작 삶

●
풀무

과 죽음의 경계에 서 있으면서도, 청춘에게 힘들 때는 웃으라고 조언해주던 찰나가 떠올라 가슴이 먹먹했다.

병원을 나서며 죽음이라는 뚜렷한 결말 앞에 선 나를 마주했다. 온몸에 주름이 졌어도 마음만은 팽팽하던 한 사나이의 미소가 자꾸 어른거렸다. 그리고 이 삶을 어떻게 이끌어갈 것인지 여러 주문이 스쳤다. 노인의 말처럼 너무 아등바등 살아가지 않기로 했다. 꺾이고 비참해지는 순간이 오면, 오히려 하늘을 올려다보며 껄껄대며 웃는 일이 더 삶에 도움이 될지도 모른다. 그날 이후 어려움에 직면할 때마다 노인은 양손의 검지로 입꼬리를 올리며 나에게도 해보라고 권하는 듯하다. 따라하다 보면, 상황은 그대로지만 어느샌가 맑아져 있는 나를 발견한다. 너절하다고 생각한 삶이 일순간에 정리되는 것이다.

무릇 삶이란 습관에 가깝다는 생각이 스친다. 흐리게 보면 한 치 앞도 볼 수 없고, 맑게 보면 보지 못한 것들이 보인다. 노년에 암과 사투를 벌여야 했으나 너털웃음으로 시한을 꺾은 그를 통해 느낀다. 사람은 그렇게 단단해지거나 물렁물렁해진다. 어쩌면 그래도 웃었기 때문에 지금까지 살아

감성대장간

온 것인지도 모를 일이다. 마지막 날에 노인이 아꼈던 말은 바로 이런 메시지가 아니었을까. 지금은 어디에 있을지 모를 그에게 전하지 못한 말을 부친다. 그래도 웃으며 왔기에 그대도 위대한 삶이라고.

덕분에 오늘도 웃으며 간다고.

움키다

▬

주어지는 일보다는
쥐어지는 일을 하세요.

▮

"네게 주어진 게 너무 많아서 그래."
나는 어안이 벙벙했다.

고향에서 오래간만에 만난 동무는 사는 일에 대한 나의
투정을 달갑게 받아줬다. 동무는 다들 하는 직장생활인데
웬 호들갑이냐고 핀잔을 주지 않았다. 대신 나에게 주어진
일이 많아서 그런 거라고 넌지시 위로했다. 여태까지 마음
한구석에서 나를 옭아맨 것들이 스르르 풀렸다. 그리고 능
력과 운이 없다며 자책하던 날들이 떠올라 구슬펐다. 나에
게 주어진 일들이 너무 거대하고 많다는 생각은 해본 적이
없었기 때문이다. 나는 습관처럼 꼬여가는 모든 것의 원인

감성대장간

을 나로 정했다. 그래서 상황은 빠르게 정리되었지만, 항상 가슴 깊숙한 곳 어딘가가 아팠다. 소화하지 못한 감정들로 마음이 체했던 것이다.

나에게 주어진 일들이 문제일 수 있다는 생각은 큰 위로가 됐다. 묵은 체증이 서서히 가라앉았다. 동무와 함께 앉아 있는 고향집 마당은 병원이나 다름없었다. 그는 꼭 왕진 온 의사 같았다. 동무가 앉은 똑같은 자리에서 어릴 적 아버지께서 하신 말씀이 떠올랐다. "어느 길목에나 해결의 실마리는 다 있는 법이니 너무 마음 쓰지 말라고, 살다 보면 네가 바라지 않아도 해결되는 것들이 많다고." 동무를 만난 날이 딱 그 순간 같았다. 붉어진 눈시울을 연신 비비며 스스로를 다독였다. 그러나 그 정도의 다독거림으로는 부족하다고 생각했는지 동무는 한마디를 덧붙였다. 그 말에는 그동안 살기 위해 꾸겨 넣었던 그 어떤 명언보다 생명력이 있었다.

"이제는 쥐어지는 일을 해. 그게 너다워."

몇 날 며칠 그 말이 내 삶을 장악했지만 쉽게 답을 찾을 수는 없었다. 내 손에 쥐어지는 일을 고민할 때면, 눈앞에 쌓인 수북한 서류더미가 소리 없는 비명을 질러댔기 때문이다. 그 비명을 모른 체할 수 없었다. 아니면 곧 내가 비명을 지를 것이 뻔했다. 자리에 앉아 업무수첩을 열었다. 고향에 간다고 자리를 비운 탓에 해결하지 못한 업무가 나를 째려보고 있었다. 마음을 달래려고 땅이 꺼질 듯이 한숨을 푹 내쉬었더니 옆자리 동료가 거들었다. "자네, 놀다 와서 할 일이 너무 많나 보군." 그 동료는 팀 내에서 알아주는 기회주의자였다. 휴가까지 자진 반납하며 일했으니, 내가 얼마나 눈꼴시었겠는가. 갑자기 고향집에서 봤던 동무의 얼굴이 떠올랐다. 그리고 멋쩍게 웃어넘기며 속으로 답했다. '그래 이제 주어지는 거 말고, 쥐어지는 일을 할 테다.'

쥐어지는 일을 찾기 위해 나 스스로와 대면한 날들이 꽤 길었다. 쉽게 찾을 수 있으리라 생각했으나 너무 멀리 두고 온 것이다. 되돌아가는 길에 그동안 불필요하게 쌓아온 것들과 마주했다. 싸늘한 타인의 편견, 지독한 연봉의 마지노선, 아직 오지도 않은 걱정. 그것들은 끈질기게 나를 뒤쫓았다. 그러나 더는 그놈들에게 관심이 없었다. 살아남고 싶은 본능이 꿈틀거렸다. 주어지는 것들은 나를 옴짝달싹 못하게 했다. 움직이질 못하니 꽤 안정적이었으나 더 이상 그렇게 살고 싶지 않았다. 손으로 꼭 쥐고 있어서 보이지는 않지만, 그 굳게 쥔 손으로 힘 있는 한 방을 날릴 수 있는 그런 삶을 살고 싶었다.

그래서 나는 죽어가는 가치들에 관해 쓰고, 사람 냄새나는 일이 진짜라고 말하며, 사람이 먼저인 가치를 만들기로 마음먹었다. 나에게 이 일은 자꾸 손에 쥐어져서 엉덩이가 들썩들썩하는 일이다. 준비하고 진행하며 끝내는 모든 과정에 항상 내가 서 있다. 식사를 놓치는 순간도 있고 잠을 반납해야 하는 날도 있다. 하지만 확실한 건 그때보다 지금이 몇 곱절 더 좋다는 사실이다. 처음에는 눈을 가늘게 뜨며 혀끝을 차던 사람들이 이제는 다들 나에게 묻는다. 어떻게 그 행복을 손에 쥐게 되었냐고. 어떻게 그런 결심을 하게 되었냐고. 나는 이렇게 답한다.

"주어지는 일보다는 쥐어지는 일을 하라고. 그럼 삶을 손에 쥐게 된다고."

손가락을 우그리어 내가 나를 쥐던 날을 어찌 잊으랴. 손
가락 마디마디가 찌릿찌릿하고, 당장이라도 지축을 박차고
싶던 그 느낌을.

버리다

영원하지 않은 것을
얻는답시고,

영원한 것들을
버리고 있는 건 아닐는지요.

서다

▰

일곱 번 넘어져도
다시 일어서는 근성이 있다면.

▮

내가 나고 자란 고향은 대문을 나서면 광활한 논밭이 펼쳐지는 곳이었다. 도시의 회색보다는 초록을 더 눈에 담고 살았다. 그래서인지 보고 듣고 말하는 것이 도시 아이들과는 조금 달랐다. 엉뚱하고 괴짜 같은 부분도 있었지만, 순수하고 투명한 날들도 있었다. 가끔 그때를 떠올리면 생각이 결대로 흐르다가 멈춰지는 구간이 있다. 바로 개구리와의 추억이다. 우리 집은 배수로를 사이에 끼고 논 옆에 있었다. 그만큼 개구리와 인연을 맺기에 안성맞춤인 환경이었다. 가끔은 개구리가 친히 가정방문도 했다. 자다가 볼에 차가운 개구리가 앉는 날이면, 온 가족이 비명을 지르며 이른 기상을 하는 날이 되었다. 나에게 개구리는 둘도 없는 가장

감성대장간

좋은 친구이자 예술가였다. 겨우내 잠깐 자러 갔다가 돌아오는 소중한 존재였다.

개구리와의 시간은 그게 다가 아니었다. 저녁 먹을 시간이 되기 전이면, 동생들과 옹기종기 모여 만화영화 〈개구리 왕눈이〉를 봤다. 가난하고 어린 개구리 왕눈이가 무지개 연못의 권력자 투투에 대항해 역경을 이겨내는 이야기가 아주 매력적이었다. 지금은 소재가 아주 색다른 애니메이션이 많지만, 그때는 만화 몇 개를 아주 질리도록 보고 또 봤다. 그래서 왕눈이의 일거수일투족이 각인되었다. 특히 개구리 왕눈이는 논에 있던 개구리가 의인화한 나에게 의미있는 존재였다. 그래서 어릴 적 추억을 떠올리면 자꾸 개구리에서 멈춰 선다. 왕눈이가 무지개 연못에서 일곱 번 넘어졌다가 일어나기를 반복한 시간처럼 나에게도 그 시간이 제법 길었기 때문이다.

어느덧 나는 어른이라 불리게 되었다. 아직도 철모르는데 다들 나를 그렇게 불렀다. 먹고 살려고 이미 꽉 찬 도시로 비집고 들어갔다. 생전 처음 겪는 일이 많아 넘어지고 또 넘어지기 일쑤였다. 입사 후 제법 큰 프로젝트를 수포가 되게

했다. 열정이 지나쳐 실수한 것이다. 그간의 노력이 온데간 데없이 사라지고, 상사의 큰 꾸지람과 팀원들의 눈총을 받았다. 답답한 마음에 화장실로 가 울었다. 아쉬움과 실망이 뒤섞여 눈물샘이 터진 것이다. 다시는 일어설 수 없을 것만 같았다. 한참 울고 있는데 전화벨이 울렸다.

"울지 말고 일어나 빰빠밤, 피리를 불어라 빰빠밤."

상황이 어찌나 절묘하던지 피식 웃음이 났다. 벨소리를 개구리 왕눈이 주제가로 해놓은 게 이렇게 도움이 될 줄이야. 진짜 피리라도 있으면 불고 싶은 심정이었다. 그렇다. 나는 개구리 왕눈이에게 칠전팔기의 정신으로 위로받았다. 생각해보니 별거 아니었다. 그때는 나도 밉고 그 일도 밉고 나를 몰아세우는 모든 사람이 미웠다. 그러나 이것도 성장의 과정이거늘. 완벽하지 못한 내가 완성되어가는 순간임을 마음에 새겼다. 사람 살다 보면 이런 일 저런 일 다 있는 거 아니겠는가. 더 울기로 했다. 좀 넘어지면 어떤가. 그날의 실패 덕분에 상사에게 욕 배불리 먹고 오늘까지 살아있으니 감사할 일이다. 실패해서 넘어질 수 있다. 하지만 일어나야 한다. 일어나서 걸어야 다음이 있다. 다시 일어서는 근성, 삶에서는 그게 정말 필요하다. 절체절명의 순간에 가족도 아니고, 지인도 아닌 개구리에게 위로받았다. 이렇게 설 수 있게 해준 그에게 감사할 따름이다.

향하다

꿈을 향한 인생은 매일 좋을 순 없어도

하루하루가 아름다워요.

큰소리 뻥뻥 치고 가는 길인데 참 어렵게 느껴질 때가 있다. 누가 뭐래도 내 길을 가겠다고 선언한 그날이 미워지기도 한다. 생각처럼 잘 풀리지 않아 마음 한편에서 후회도 살짝 올라온다. 사람이 원래 치졸한 것은 익히 잘 알고 있었지만, 내가 이 정도일 줄이야. 자꾸 과거의 영광에 취한다. 지독하게 힘들었지만 그때는 배라도 불렀으니 말이다. 그럼 그렇지. 나는 배고픈 소크라테스가 되기에는 역부족이다. 주변에서 해주는 잘하고 있냐는 위로의 말도 놀림처럼 느껴져 괜스레 신경질이 난다. 갈 길이 먼데 마음마저 이 모양이니 정말 큰일이다.

아침밥을 꾸역꾸역 입속에 밀어 넣었다. 입맛을 잃어 음

감성대장간

식이 주는 풍미를 잘 모르겠다. 그저 살아야 한다는 동물적 본능이다. 글을 쓰러 나서는 아침은 나와는 다르게 풍요롭다. 풍성한 새의 연주와 그것을 실어 나르는 바람이 있다. 어제 없던 꽃이 피어 있고, 어제 있던 꽃은 사라졌다. 출근길에 나선 모두가 그것을 만끽하며 걷다가 이내 제 갈 길로 사라진다. 삶이란 이런 것이 아닌가. 어제는 없었지만 오늘은 있는, 오늘은 있었지만 내일이 되면 없는 그런 것 말이다. 마음에 뭔가 쿵 하고 부딪힌다. 하루하루를 아름답게 꾸미고 싶다는 욕구였다. 그제, 어제, 내일, 모레 같은 것 말고 그냥 오늘을 미화하고 싶었다.

내가 선택한 이 길이 늘 좋을 수는 없다. 이것을 잘 알면서도 금방 잊는다. 앞으로의 빛나는 삶을 생각하기에도 바쁜 삶이지만 그게 현실이다. 많은 사람이 다니는 길은 단단하고 빠르다. 이것저것 민원도 끊이지 않아 아스팔트를 깔고 조경도 예쁘게 해놓는다. 그래서 그 길은 언제나 좋아 보인다. 그런 탓에 사람이 몰려 발 디딜 틈이 없다. 좁은 길목에 늦게 온 사람들은 길 밖으로 튕겨 나가 낙오자가 된다. 그렇게 삶을 잃은 사람이 어디 한둘이겠는가.

그러나 나만 가는 길은 그렇지가 않다. 막혀 있는 곳에 길을 만들어야 하고, 어쩌다 독사라도 나타나면 필사즉생의 정신으로 맞서야 한다. 그래도 너무 슬퍼하지 않기로 했다. 이 길에는 돌을 뚫고 솟아나는 풀의 기백이 있다. 또 하늘을 나는 새들의 깊은 찬양이 있고, 어디든 가도 되는 바람의 자유로움이 있으니 말이다. 아마도 그러면서 강해진다는 말이겠지. 그것은 특별함이고 누구도 앞지를 수 없는 멋이다. 매일이 좋지는 않아도 하루하루가 아름다운 인생이다.

모르긴 몰라도
그래서 당신이 아름다운가 보다.

담다

소중한 것은
주머니가 아니라

마음에 담기는 것들이에요.

살다

▬

오늘을 오늘로 살 수 있는 강단,
사실은 그게 필요해요.

▮

　달력을 들춰 이리저리 살펴본다. 빽빽한 일정 더미에서
숨 쉴 곳을 찾아 헤매지만 도무지 틈이 나질 않는다. 애먼
달력을 노려봐도 결과는 마찬가지다. 나를 위한 시간도 제
대로 못 내는 상황이 원망스럽다. 달력에 적힌 글자는 죄다
다른 누군가를 위한 시간이다. 또 아직 오지도 않은 미래
를 걱정한 산물이다. 오늘을 사는데 내일을 준비하고 있다.
참으로 아이러니한 일이다. 그리고 의문이 하나 비집고 들
어온다. 나는 오늘을 살긴 사는 것일까. 아쉽게도 그렇다고
대답할 자신이 없다. 어떻게 하면 오늘을 살 수 있는 것일
지 한참을 궁리했다. 때마침 명대사 하나가 가슴에 스쳤다.
　"내일만 사는 놈은 오늘만 사는 놈한테 죽는다."

원빈 주연의 영화 〈아저씨〉. 옆집 아저씨의 기준을 한껏 높이는 바람에 온 세상 아저씨들을 난감하게 만들었던 영화다. 이 영화에서 나온 대사는 오늘을 살지 못하는 딱 나에게 필요한 말이었다. 내일을 준비하느라 허우적대는 나에게 던져진 지푸라기였다. 살고자 하는 욕망으로 이 지푸라기를 가슴께로 힘껏 당겼다. 그 지푸라기는 나에게 오늘이었다. 곧바로, 당장, 지금이었다.

이 말이 어찌나 가슴을 뛰게 하던지 닭살이 돋았다. 그리고 오늘을 살아가는 나의 모습을 떠올렸다. 너무 내일만 위해 살다가 오늘을 제대로 살지 못하는 모습 말이다. 사람 사는 일, 그게 다가 아닌 걸 알면서도 많은 사람이 나만을 위한 여유와 빈틈도 없이 산다. 그런 나를 떠올리니 가슴 한 구석이 먹먹해진다. 이게 다 잘 먹고 잘 살자고 하는 일인데 어딘가 억울하다. 내일이 아닌 오늘을 살고자 하는 삶을 열렬히 바랐건만.

오늘을 사는 일에도 대단한 용기가 필요한 시대다. 이것저것 따질 일도 많고 포기해야 할 것 투성이다. 미친 게 분명하다고 노려보는 누군가의 시선이 두렵다. 철모르는 어린아이에게 똥기듯 던지는 한마디가 나를 작게 만든다. 모두가 내일을 사는 사람들의 노파심이다. 나는 그 뜨거운 강단이 삶을 더 윤택하게 하는 일임을 잊지 않으려고 한다. 숱하게 과거에 빠지고 아무리 미래를 얘기해도, 오늘을 사는 법이니까. 나에게 오늘을 오늘로 사는 그날이 있기를 간절히 기도한다.

부디 당신에게도.

찾다

누군가의 무엇이 되어가며
이곳에 닿게 된 의미를 찾을 수 있어요.

몇 날 안 되는 삶을 천천히 훑어본다. 뭐 잘한 게 하나 있
으면 참 좋으련만, 특별히 눈에 띄는 것이 없다. 얼마나 더
잘해야 떵떵거리며 설 수 있을까. 얼마만큼 더 쌓아야 우쭐
거리며 살 수 있을까. 이런 물음이 삶에 별로 도움이 되지
않는 걸 알면서도 자꾸 묻는다. 나 혼자라야 이 짧은 목숨이
어디에 붙는다 한들 무슨 상관이겠는가. 그렇지 않기에 더
잘살아 보려고 애를 쓴다. 나라는 존재가 결코 누군가에게
해악이 되어서는 안 된다.

잡생각이 희미해질 때쯤, 거실에서 흘러나오는 텔레비전
소리에 귀를 빼앗겼다. 즐겨보는 영화 소개 프로그램이 한
창이었다. 대략 구색을 보아하니 공상과학 영화였다. 그리

고 늘 그렇듯이 미지의 세계에서 지구로 온 기이한 생물체가 우주선에서 내렸다. 그러더니 상당히 위압적인 분위기로 주인공에게 자기가 지구에 발 디딘 이유를 설명한다. 이미 예상되는 시나리오지만, 나보다는 확실히 성숙했다. 이유를 안다는 것, 그것만으로도 이미 성숙한 것이다. 그런데 그게 그렇게 부러웠다. 한참을 듣다가 왜 굳이 나는 이곳에 발을 딛게 되었는지 궁금해졌다. 물론 수염 덥수룩한 어른이 할 생각으로 적합하지는 않았음을 인정한다. 그래도 어쩔 수 있는가. 나만의 멋진 답을 달아야 직성이 풀릴 것만 같았다.

사람은 의미 때문에 산다. 의미를 붙이지 않고서는 단 하루도 살 수 없다. 그래서 그렇게 의미를 찾는다. 내가 이 일을 하는 의미, 나에게 너라는 의미, 네가 내게 준 눈빛의 의미. 매 순간 의미를 찾지 못하면 삶이 멈춘다. 참 알 수 없는 존재가 인간이다. 12월의 마지막 태양과 1월의 첫 태양이 무슨 차이가 있다고 거기에 의미를 붙인다. 내가 아는 바에 의하면 과학적으로 같은 태양이다. 그래도 그 두 개의 태양이 우리를 가장 아름답게 한다는 것을 부정할 수 없다. 이 모든 게 바로 의미 때문이다.

감성대장간

사람마다 삶을 이끌어가는 주체적인 힘이 있다. 그 힘은 사람과 사람이 함께할 때 훨씬 강해지는 듯하다. 사람은 누군가의 무엇이 되어가며 삶의 의미를 찾아간다는 말이다. 서로가 서로에게 의미를 두고 있기에 오늘을 산다. 그러므로 나의 의미를 서게 하는 많은 사람과의 만남에서 너무 강팍하게 관계를 몰아가서는 안 된다. 자칫 나의 의미를 잃게 될 수도 있다. 대신, 많이 아끼고 보살펴야 한다. 누군가는 나를 통해 선한 영향을 받고, 좋은 추억을 쌓고, 뜨거운 사랑을 하게 될 테니까.

당신과 나,
서로가 이유라는 말이다.

말다

▰

하지 말란다고
안 할 거 아니잖아요.

▮

식탁을 사이에 두고 부모님과 마주 앉았다. 내 옆은 아내
가 차지했다. 갈팡질팡, 그 탓에 마음이 팡팡거리며 터졌다.
그렇게 내 마음은 산산조각이 났다. 멀리서 보면 그것은 부
모와 자식의 갈등이었다. 그러나 가까이서 보면 걱정과 도
전의 다툼이었다. 글 쓰는 사람이 되고 싶다는, 그것도 자식
이 셋이나 딸린 아들의 투정에 부모님은 적잖이 놀라셨다.
그리고 어떻게든 그 삐뚤어진 노선을 원상복구하려고 애쓰
셨다. 어느 정도 예상은 했지만, 생각보다 거센 반응에 나
도 당혹스러웠다.

군에 입대해 복무한 7년이라는 시간은 더없이 소중했다.
가족이 비 맞을 걱정을 하지 않아도 됐다. 각종 복지혜택이

있었고, 평범하게 살기엔 충분한 봉사료도 주어졌다. 무한한 사명감이 스스로를 가치 있는 사람으로 세워줬다. 무엇보다 요즘같이 살기 어려운 때에 부모님의 체면을 세워줄 간판으로 딱 맞았다. 하지만 언제부턴가 내게 스며든 글에 대한 애착은 삶을 다른 노선으로 이끌었다.

"아따 글은 아무나 쓰냐? 시방 나와 봤자 고생길이여."

나도 잘 알고 있었다. 잘 알고 있는 것을 굳이 더 알게 되니 서글펐다. 죽을 때를 아는 자에게 내려진 사망선고 같은 것이었다. 그길로 단념했다. 몇 년 있으면 이제 진급도 들어가고 아이들 학교도 들어가니 포기하기로 했다. 무뎌진 현실에 대한 감각이 천천히 돌아왔다. 그러나 시간이 지날수록 더욱 기웃대는 글쓰기가 나를 미치게 했다. 밀어내면 밀어낼수록 더 달라붙었다. 하고 싶은 일을 손도 못 대고 주저앉기가 싫었다. 내 오른팔, 아내에게 자문을 구했다. 이 오른팔로 무엇을 하면 좋겠냐고. 그녀의 답은 간단명료했다. "당신 원하는 거 해." 그길로 총대를 내려놓고 내가 원하는 펜대를 들었다.

지금까지 걸어온 길을 찬찬히 보고 있노라면, 결국에는 내 결정대로 왔다. 아무리 많은 조언과 유혹이 있어도 결국 사람은 신념대로 사는 것이다. 져도 괜찮다. 넘어지면 또 어떤가. 하지 말란다고 안 하고, 하란다고 할 거 아니라면 스스로의 선택을 신뢰하는 편이 낫다. 언제는 뭐 말을 그렇게 잘 들은 적이 있는가. 삶이란 무언가 뚜렷함이 있어서 가는 게 아니다. 다 실루엣이다. 그 실루엣 뒤에 숨겨진 형상을 보고 싶어 안달하는 게 사람 본성이다. 나는 글로 그 실루엣에 다가간다. 가다 보면 샛길도 있을 테고, 막다른 길도 있을 테지. 그러나 그때 나만의 길이 만들어지는 것이다.

나는 부모와 자식의 갈등 또는 걱정과 도전의 다툼에서 내 결정에 따랐다. 결국에 군문軍門을 나온 것이다. 요즘 어머니와 아버지는 세상에서 내 글이 가장 위대하다고 생각하신다. 셰익스피어, 톨스토이, 헤세, 카잔차키스와 같은 대문호도 우리 부모님에게 만족감을 줄 수 없다. 그러나 내 글은 우리 부모님을 적신다. 대저 자식을 바라보는 부모는 그렇다. 나도 우리 아이들을 바라볼 때 그렇고. 그 소망이 반드시 이뤄지도록 부응할 뿐이다. 나는 그렇게 사람을 살리는 글을 쓰겠다는 나의 실루엣에 다가가는 중이다. 그날의 그 결정이 탁월했다는 생각과 함께 말이다.

굳센 신념, 자명한 기준, 독보적 가치, 뚝심 있는 철학이 있는 사람은 빛이 희미하게 새어 나오는 그 문을 열지 않고는 못 배긴다. 반드시 열게 되어 있다는 말이다. 사람은 머리가 시키는 일은 주저해도, 가슴이 시키는 일은 주저하지 못한다.

그게 당신이 가진 본성이다.

없다

작가가 펜을 놓거나 발레리나가 슈즈를 벗는 것은
있을 수 없는 일이에요.

당신의 꿈도
그렇습니다.

믿다

나는

나를 믿어요.

사람은 말을 가슴에 새긴다. 삶 가운데 방향을 잃지 않으려는 안간힘이다. 좋은 말로 된 여러 글감 중에서도 '자신감'은 단연 인기가 많다. 명언계의 톱스타라고 불러주어도 무방하다. 어느 순간이라도 식은 마음을 달굴 준비가 된 그 말이 나는 참 좋다. 사람이란 아주 오래전부터 오늘까지 자신감 없이는 살 수 없음을 알았기 때문일까. 인생에 이만한 만병통치약이 없는 듯하다. 걱정되거나 우울할 때, 좌절하거나 의기소침할 때, 선택의 기로나 위대한 결정의 순간에 누구에게나 효과가 좋다.

이렇듯 자신감은 우리 삶에서 떼려야 뗄 수 없는 운명적인 관계다. 뗀다고 떼어지는 것도 아니고 떼려는 생각도 허

용될 수 없다. 삶의 균형을 위한 감초이기 때문이다. 그런데 이 만병통치약이 어느 순간부터 잘 듣지 않는 모양이다. 사회의 선각자들께서는 이제 자신을 놓으라고 한다. 자신감을 아무리 가져도 될 게 있고 안 될 게 있다는 뼈를 때리는 이유와 함께. 그래서 요즘 자신감의 인기가 하락세다. 나는 자신감이라는 단어가 좋아서 어떻게든 살려내고 싶었다. 다시 톱스타 계열로 올려놓고 싶었다.

항상 힘이 넘치는 삶을 살기를 원했다. 그래서 무조건 할 수 있다는 자신감으로 무장했다. 그런데 굳은 의지와는 다르게 자꾸 고꾸라져 많이 아팠다. 할 수 있다는 마음이 땅에 내팽개쳐졌다. 내가 던진 게 아니라 스스로가 뛰쳐나갔다. 그날도 보기 좋게 바닥에 주저앉았던 나날 중 하나였다. 자신감이라는 단어가 나를 보고 웃고 있었다. 그러더니 이렇게 쏘아붙였다.

"넌 매일같이 내 이름을 들먹이지만, 나를 알려면 아직도 멀었어."

감성대장간

자신감의 무례함에 배신감이 들었다. 항상 자기를 옹호해준 나에게 비수를 꽂은 것이다. 자신감이 가장 중요하다고 연거푸 말했던 날들이 허무해졌다. 어떻게 하면 자신감이라는 단어를 제대로 알 수 있을지 궁리했다. 아무리 봐도 '할 수 있다'라는 뜻은 아닌 것 같았다. 다른 건 몰라도 그게 아니라는 느낌만은 분명했다. 사전을 펼쳐 그 잘난 자신감을 찾아봤다. 뜻을 읽어보니 내가 생각한 것과 별반 다를 게 없었다. 그때 눈에 한자 自스스로 자, 信믿을 신, 感느낄 감이 쏙 들어왔다. 단 한 번도 자신감을 구성하는 단어 하나하나를 따로 볼 생각을 못 했던 나는 무릎을 쳤다.

내가 나를 믿는다니. 마음에 쏙 들었다. '나는 할 수 있다'와 '나는 나를 믿는다'는 완전히 다른 삶을 살게 했다. 전자는 극복 대상과 나와의 피 튀기는 다툼이다. 그래서 삶이 고달프고 어렵게 느껴졌다. 어느 한쪽이 지쳐 쓰러져야 게임이 끝나기 때문이다. 시작부터 힘들 것이라는 분위기를 조장하고 있다. 어쩌다가 내가 이기기라도 하는 날에는 자축의 파티를 열지만, 그다음 문제에 또 봉착했다. 그러나 후자는 나와의 온전한 연결이다. 어떤 문제에 직면하거나 목표를 세웠을 때, 그것들이 우선 되는 것이 아니다. 오로지 그 과정에 서 있는 나를 보는 일이다. 꼭대기를 올려다보는 게 아니라 나에 대한 나의 신뢰를 느끼는 일이다. 자신감이 다시 톱스타 계열로 오르는 순간이었다. 팬들의 환호성이 들렸고, 자신감이 나에게 찡긋 윙크를 날렸다.

나를 믿는 것만으로도 몸에는 힘이 넘치고 기품이 생겨났다. 이전과는 다른 삶의 판도가 꾸려진 것이다. 할 수 있다고 자만하다가 수없이 고꾸라졌던 과거에 어설픈 미소가 지어졌다. 거기에는 할 수 있다는 말만 있었지 나는 없었다. 살면서 목표한 바가 있거나 문제에 직면한다면, 할 수 있다는 말은 잠시 넣어두기로 했다. 설령 다시 넘어진다고 하더라도 넘어지지 않는 방법 하나를 얻은 셈일 뿐이다.

그래서 말인데,
당신도 당신을 믿길 바란다.
꽤 믿을만한 구석이 있다.

있다

—

'다 때가 있다'는 말을
믿을 필요는 없어요.

❚

당신이 움직이는 그 순간이
바로 그때이기 때문이에요.

고로,
이 말을 믿을 필요는 있답니다.

사랑하다

결국에 우리가 여기까지
온 이유는 사랑이 아니겠는지요.

사랑에 빠지면
제 눈빛 하나 감추지 못하는 게
우리네 삶이에요.

맞아요.
마음껏 사랑하는 일.

그게 아니면 무슨 이유로
이러고 있겠어요.

조절하다

━

결국에 내가 컨트롤할 수 있는 것은

나 자신뿐이었어요.

▍

　어느 날 정신을 차려보니 세상이 야속하다는 생각이 머리에 가득 차 있었다. 잡힐 듯 잡히지 않는 삶의 꼬리물기가 내 기를 완전히 꺾어놓은 것이다. 풀기가 없어진 나는 내게 주어진 모든 것을 저주하기 시작했다. 그러지 않고서는 마음을 달랠 길이 없었다. 아마 사는 게 힘들다고 생각했던 것 같다. 하늘에서 한 줄기의 빛이 내려와 나를 구원해주기를 갈망했으나, 그러면 그럴수록 마음은 더 너덜너덜해졌다. 나는 그 제멋대로 흔들리는 마음의 가닥을 이어 붙이려고 안간힘을 썼다. 살고 싶었기 때문이다.

　살아보겠다고 할 수 있는 것들을 찾기 시작했다. 노트에 빼곡하게 적고 지워가며 삶을 쟁취하기 위한 사투를 벌였다. 그러나 제멋대로 구부러진 마음은 할 수 있는 것조차도 할 수 없다며 손사래를 쳤다. 절망적이었다. 두 손 모아 기도하는 것도 이제 눈치가 보였다. 자고 일어났을 때, 모든 상황이 나에게 유리해졌으면 하는 헛된 꿈을 꿨다. 내 힘으로 바꿀 수 있는 것 하나가 없다는 게 서글펐다. 찬 방바닥에 누워 그동안의 삶을 아주 천천히 훑었다. 잘했던 것들, 못했던 것들, 끌렸던 것들, 지나쳤던 것들이 서로 촘촘하게 박혀 있었다. 그 틈새로 땀과 눈물을 쏟아낸 지난날이 보였다. 어려웠지만 고민하고 결단하던 순간도 있었고, 풍족해져 게으름 피우던 순간도 있었다. 더 자세히 들여다보니 세상과 스스로의 기준 사이에서 안간힘으로 균형을 잡고 있는 내가 보였다. 살고 싶어 안달이 난 나를 그대로 끌어안았다. 세상을 바라보는 나를 바꾸기로 결심한 것이다.

사는 게 덧없다는 생각이 밀려올 때가 더러 있다. 원하는 모습을 그릴 수 없어서다. 꽃을 꼭 오른쪽에 그리고 싶은데 왼쪽에 두어야만 하는 순간이 있다. 그 오른쪽에는 사람과의 관계, 오만한 편견, 시대의 흐름 등이 자리 잡고 있기 때문이다. 그럴 때는 나를 잠깐 돌려놓아야 한다. 왼쪽으로 조금만 몸을 틀면 내가 왼쪽에 두었던 꽃이 오른쪽에 와 있다. 이렇듯 상황을 바라보는 관점을 바꾸는 일은 새로운 변화를 이끈다.

세상에서 내가 컨트롤할 수 있는 단 한 가지 존재는 바로 나였다. 나에게 주어진 환경은 컨트롤하기 어렵지만, 나 스스로는 컨트롤이 가능했다. 그것만이 삶의 환경을 완전히 다르게 만드는 힘의 원천임을 알게 되었다. 결국에는 마음먹기에 달린 것 아니겠는가. 너무 눈이 부시면 돌아앉기로 했다. 천장이 너무 낮으면 눕기로 했다. 나를 컨트롤할 수 있다는 건 무엇이든 시작할 수 있다는 말과 같다. 어쩌면 여태까지 그렇게 온 것인지도 모를 일이다.

감사하다

삶이 있다는 사실에
감사해봐요.

이제는 뒤안길로 사라진 〈무한도전〉이라는 프로그램이
어렴풋하게 떠오른다. 희극 안에 울리던 그 철학적인 메시
지가 많은 사람에게 깨달음을 전했다. 나에게는 특별히 고
마운 프로그램이었다. 삶을 감사하게 여긴 대목이 있었기
때문이다. 오랜 시간 동안 시청자들에게 삶의 희로애락을
전한 프로그램인지라 유행어도 많았다. 그중에서도 나는 '
쌩유'라는 말이 그렇게 기억에 남는다. 각 출연자가 서로의
기분이나 요구에 합을 잘 맞춰주면 '쌩유'라고 말하며 흥을
돋웠는데, 그게 참 재미있게 느껴졌다.

한때, 오늘을 너무나 미워했다. 무엇을 해도 변하지 않는
미래, 더 좋을 것은 없는 내일이라는 생각이 삶을 갉아먹고

감성 대장간

있었다. 그렇게 남루한 나날이 지속되었다. 좋은 걸 봐도 좋은지 모르고, 나쁜 걸 보면 더 나빠지는 그런 삶이었다. 그러다 〈무한도전〉에서 '쌩유'라는 말을 듣게 되었다. 나는 그것을 순간적으로 '生날 생 有있을 유'라고 잘못 들었다.

내 삶이 없어진 가운데 '삶이 있다'는 말을 들으니 마음이 요동쳤다. 없음 가운데 있음이 채워진다는 것은 그러기에 충분했다. 그 말이 '너에게 고맙다'라는 유행어라는 것을 알고는 피식했지만, 삶의 태도를 완전히 바꾸는 계기가 되었다. 무엇보다 삶이 있기에 당신과 내가 연결된다는 사실은 마음을 뜨겁게 한다. 그래서 나는 감사하다.

나를 감도는 모든 것을 음미해본다. 코로 통하는 공기의 진한 향기, 나뭇잎의 핏줄에서 뿜어져 나오는 강렬한 빛, 혀를 스치는 올곧은 바람의 맛. 매미가 부르는 세레나데의 감촉. 모든 것이 삶이 있기에 느낄 수 있는 것이다. 이것만으로도 이미 과하게 받은 생이다. 아무 대가도 없이 얻었으니 갚아야 한다. 한 번뿐인 삶, 정말 잘 사는 거로 값을 치러야 한다. 그래서 또 한 번 감사하다. 삶이 있다는 사실에. 나를 읽어주는 당신에게.

가장하다

도전 · 목표 · 꿈과 같은
미래지향적 단어의 특징은
'명사'를 가장한 '동사'랍니다.

지금 바로,
움직이라는 뜻이에요.

두려워하다

노력하는 자는 꿈을 두려워하지 않아요.
오히려 꿈이 그를 두려워하죠.

하루에도 몇 번씩 튀어나왔다가 쏙 들어가는 그대의 꿈을 잘 알고 있다. 혹시라도 누가 볼세라 황급히 넣으려다 그만 실토하는 것도 훤히 보인다. 그러고선 자기 꿈에 대해 기뻐하며 말하는 당신 모습에 나도 함께 미소짓는다. 사람에게 가고 싶은 목적지가 있다는 건 온 세상을 떨리게 하는 일이다. 태어났다는 사실 하나로도 충분히 가치 있는데, 더 좋은 삶을 향해 간다는 일은 더없이 훌륭한 일이기 때문이다. 그런데 그 뜨거운 결심도 주변의 냉소와 무시 때문에 처량해지니 큰일이다. 더 슬픈 건 그렇게 우리는 꿈과 멀어지고 심지어 두려워하게 된다는 사실이다. 두려워지면 움직이지 못하는 본능이 발동한다.

감성 대장간

조금 다르게 생각해보자. 꿈을 어릴 적 술래잡기로 치환하는 것이다. 꿈을 향해 달려가는 그 길에서 늘 넘어지고 멍들어 우는 사람은 누구인가. 술래인 바로 나다. 이 술래잡기는 다른 사람과 아무런 관계가 없다. 각자의 술래잡기를 하느라 나의 술래잡기에는 관심도 없다. 어쩌다 교차로에서 만난 사람들은 당신을 위로하거나 비웃거나 둘 중 하나다. 그렇게 입으로 온갖 배설을 해놓고 줄행랑치면 당신은 만신창이가 된다. 꿈은 느려터진 당신이 아직 보이지 않아 안심하고 있다. 그런데 여기서부터 중요하다. 쌍코피를 틀어막고 눈 하나는 팅팅 부은 상태에서 바닥을 기어 끝까지 쫓아오는 술래. 생각만 해도 오싹하지 않은가. 잡고야 말겠다는 일념 하나로 포기하지 않는 도전정신이 세워지는 순간이다.

이런 술래를 마주하는 꿈을 꾸면 다리가 후들거리고 식은땀이 줄줄 흐를 것이 분명하다. 나만 두려운 게 아니라 꿈도 내가 두려운 것이다. 아, 꿈이 도망가면 어떻게 하냐고. 그건 걱정하지 않아도 된다. 이미 인생의 선배들은 도망치는 것은 나 자신이며 꿈에는 발이 없다는 사실을 증명했다. 뭐 어디 내세울 만한 삶은 아니지만, 그래도 당신은 지금까지 멋지게 살아왔잖은가. 그 자체로 꿈이 두려워할 만한 DNA를 갖춘 것이나 다름없다. 남의 시선은 튕겨버려라. 그리고 하루에 조금씩 한 발 한 발 나아가자. 제자리에서는 보이는 게 그대로지만, 조금씩 성장해 나가는 자리에 서면 또 다른 길이 보일 것이다. 그래도 두려움이 앞서면 그건 그때 가서 생각하자.

그나저나 꿈이 두려워할 당신,
생각만 해도 짜릿하다.

2.

달굼

새빨갛게 달구다

온전히 달궈져야

변할 수 있다.

그대를 변화하게 하는 것들

쇠는 얼마나 성이 났는지 가늠조차 되지 않는 불길 앞에서 걸음을 멈추지 않는다. 멈추면 자기가 그저 사명 없는 쇳덩이에 불과하다는 것을 알고 있는 까닭이다. 그래서 쇠는 생과 사를 잊어버린다. 천지개벽의 순간에 발뒤꿈치를 밟히는 일을 없애는 것이다. 시뻘겋게 달아오른 채 화덕에서 걸어 나오는 쇠는 비로소 변화의 자격을 얻게 된다. 마침내 자기를 이기게 된 것이다.

말하다

사람 입, 안으로 들어가는 것 중요합니다.
밖으로 나오는 것 더 중요합니다.

간만에 들른 순댓국집이 시끌시끌하다. 스무 개 남짓 되는 테이블 사이로 침 튀기는 전쟁이 한창이다. 주문하는 사람, 주문받는 사람, 물 더 달라는 사람, 왜 이렇게 늦게 나오냐고 타박하는 사람, 이건 내가 주문한 게 아니라는 사람들의 설전이 끝날 줄을 모른다. 먹고사는 일이 중요하다만 서로 자기 말만 하니 보기에 좋지 않다. 그래도 그들은 나보다 나은 인생이다. 그 치열한 전투 사이로 주문을 어떻게 치고 들어가야 하는지 고민인 나는 아주 난감하다. 소심한 나와의 싸움이 시작되었다. 말 폭탄과 말 폭탄 사이의 공백을 탐하다가 겨우 비집고 들어갔다. 작전은 성공했고 상황에 딱 맞는 말이 절로 나왔다. "먹고 살기 참 힘들다."

감성 대장간

음식이 나오길 기다리는 동안 사람 구경을 했다. 오전에 있었던 상사의 꾸지람을 동료에게 하소연하는 젊은이, 입이 마르고 닳도록 자식의 성적을 자랑하는 아줌마, 그걸 또 부러워하는 아줌마, 색이 다른 정치 얘기로 서로 열을 올리시는 할아버지들, 휴가 나온 아들을 격려하는 가족들이 있다. 모두가 생동감 있다. 이것이 생이고 균형이다. 모두 육신의 목숨을 연장하러 왔지만 사실 입 밖으로 나오는 말로 영혼을 연장한다. 그렇게 사람은 어느 한쪽에 쏠리지 않고 육체와 영혼의 간극을 메운다.

기다리던 순댓국이 나왔다. 세상에는 알려지지 않은 나만의 특급 비법으로 간을 했다. 막 한술 뜨려는데 어느 테이블에선가 내 순댓국에 간을 더쳤다. 참고 먹으려는데 도저히 입에 맞지 않아 먹을 수가 없었다. 숟가락을 내려놓고 두리번거리니 나뿐만 아니라 다들 한곳으로 시선을 집중했다. 아마 다른 테이블에도 간을 더한 것 같았다. 대낮부터 들이부은 소주가 과했는지 두 중년이 서로 틀어져 기어코 싸움이 붙었다. 오가는 말에는 온갖 저주와 욕설이 가득했다. 이것은 생이 아닌 사다. 배는 채웠어도 서로를 또는 스스로를 죽이는 일이다.

《말의 품격》을 쓴 이기주 작가는 말에도 품격이 있다고 했다. 거기에서 인향人香, 즉 사람의 향기가 뿜어난다고 덧붙였다. 사람의 일생을 다 알 수 없지만 쓰는 말을 보면 어림잡을 수는 있다. 꼭 맞지는 않아도 얼추 맞는다. 귀를 찌르는 냄새가 진동하기 때문이다. 분명 그 중년들에게 풍기는 사람 냄새는 역했다. 어떤 삶을 살아왔는지 대략 감이 왔다. 수많은 삶이 모인 곳에서 다 큰 어른들이 그러고 있으니 자리를 뜨고 싶었다. 둘은 무척이나 섭섭한 마음을 토로하고 싶었겠지만 말로써 자신들의 고약한 냄새를 뿌리고 있었다.

주인 내외가 잘 달래어 황급히 자리를 정리했다. 하지만 나가는 그 순간까지도 자기들의 악취를 포기하지 않았다. 세상에 그 중년들 단둘만 있는 것처럼 보였다. 냄새가 빠지니 다들 숟가락을 들었다. 다시 균형이 맞춰진 것이다. 모두 입안으로 서로 다른 한 수저를 넣고 있었지만 같은 마음이었다. 사람 입안으로 들어가는 일보다 입 밖으로 나오는 게 더 중요하다는 깨달음을 얻은 것이다. 어쩌면, 속담이나 격언 중에서 먹는 일보다 말하는 일에 관한 것이 더 많은 것도 이러한 속성 때문이리라. 생각을 정리하고 두 술을 뜨는 데 뒤에 앉아 있던 꼬마 아가씨의 명언에 수저를 내려놓았다.

"엄마, 저렇게 나쁜 말 하면은 경찰 아저씨가 잡아가지요?"

그렇다.
그것은 분명 죄였다.

빌다

'남들만큼'의 끝은
'남들만, 큼'이었어요.

해의 겸허한 자태에 고개가 숙여진다. 과거의 일은 뒤로
묻고 앞으로 어떻게 살 것인지 묻는다. 바다에 몸을 감추
었다가 떠오르는 모습이 장관이다. 어둠을 물리치니 몸가
짐이 서툴지 않고 의젓하다. 작은 실수 하나도 미래에 결
부하는 나와 다른 성품이다. 수많은 빛줄기 중 하나를 잡
아본다. 그 산뜻한 줄기를 잡기에는 너무나 부족한 손이지
만 용기 내어본다. 약소하나 깨끗하게 살겠다는 약속을 뇌
물로 내밀면서.

이 순간은 설렘이 있고 다짐과 결의가 있다. 지난날의 오
점을 지울 수 있는 절호의 기회다. 이날을 얼마나 손꼽아 기
다렸던가. 나만 아는 소심한 죄를 모두 털어낼 수 있게 되

감성대장간

었다. 마치 새 도화지를 펴는 아이의 마음이다. 두 손 모아 가정의 안녕과 더불어 미래에 대한 소원을 정성스레 빌었다. 그리고 경제적으로 조금은 여유로워지길 소망했다. 속으로 욕심 부리지 않을 테니 더도 말고 덜도 말고 딱 '남들만큼'만이라며 새해와 타협했다. 그러자 눈부신 태양은 나에게 바로 응답했다.

'남들만, 큼.'

자비로운 새해의 가르침에 소름이 끼쳤다. 우리는 늘 비교하며 산다. '남들만큼'은 삶의 경계를 손쉽게 가려내서 쓰기에 가장 편한 글자다. 그러나 남들만큼을 추종하는 순간 그야말로 진퇴양난임을 잊어선 안 된다. 끝없이 출현하는 거대한 남들로 삶이 괴로워지기 때문이다. 남들만큼 못하면 얼마나 분한지 세상의 온갖 고통을 다 품는 심정이다. 나에게 맞지 않는 틀에 들어가는 일은 그렇게 아픈 법이다. 긁히고 찢기는 고통이 수반되는 일이다.

이번 새해는 가슴에 남을 듯하다. 남들만큼만 살게 해달라고 빌었더니, 그 종점이 '남들만, 큼'이라는 깨달음으로 다가왔으니 말이다. 물론 우리에게 주어진 환경은 매우 중요한 의미를 갖는다. 높게 쌓인 금덩어리는 확실히 삶의 항해를 다르게 만든다. 어쩌면 남들만큼만이라도 살아보고픈 마음은 인간으로서 당연한지도 모르겠다. 그러나 나를 고려하지 않는 삶이란 미래를 기대하기 어려운 삶이다. 그 길은 그야말로 고난의 연속이기 때문이다. 남들만큼이라는 유혹에 빠지지 않길 바란다. 행복과 성공에 대한 나의 온전한 기준을 가지고 사는 것이 곧 건강한 삶이다.

무엇보다도
그렇게 살 당신이 되길 빈다.

감성대장간

대충하다

삶의 가장 큰 '적敵'은
은근슬'쩍'입니다.

인간사에 전해져 내려오는
중요한 교훈이 있어요.

적은
늘 가까이 있다는 사실이죠.

체하다

━

계속 마음만 먹다간
체하게 될지도 몰라요.

▍

체했다. 그것도 아주 호되게. 살짝 얹히는 일이 잦더니 결국 일을 냈다. 위에서 보낸 적신호를 무시한 탓이다. 먹는 일에 관심을 두지 않기로 다짐하면서도 항상 꺾인다. 형형색색의 맛깔스러운 음식 앞에서 이따금 정신을 놓는다. 결국 이번에는 너무 아파 정신을 놓아버렸다. 한 이틀 고생하니 좀 나아졌다. 미음이 쳐다보기도 싫더니 자꾸 당긴다. 이런 내가 가증스러워서 바람이라도 마시려고 밖으로 나왔다. 터벅터벅 걷는데 현수막 하나가 눈길을 끌었다.

'사업운 · 애정운 · 자식운 답답하십니까? 모든 일은 마음먹기 나름입니다! 지금 바로 전화 주세요!'

감성대장간

체해서 답답한 속을 확 뚫어줄 수 있을지 궁금했지만 애써 참았다. 지나치려는데 모든 일은 마음먹기 나름이라는 오래된 격언이 왠지 모르게 처량해 보였다. 가던 걸음을 멈추고 현수막 앞을 계속 서성거렸다. '모든 일은 마음먹기 나름이다'라는 말을 현수막에서 꺼내주고 싶었다. 그래도 문맥상 전혀 문제없을 듯했다. 지금 바로 전화 달라는 말이 위대한 격언의 위신을 떨어뜨린다고 느꼈기 때문이다. 위대한 말을 머릿속으로 끄집어 구해냈다. 그리고 만족해하며 다시 걸었다. 그러자 이 격언은 나에게 고마움의 표시로 추파를 던졌다.

이 격언은 어느 순간이라도 스스로 주체가 되어 살라는 응원과 희망의 메시지다. 많은 이가 이 격언으로 새 삶을 얻는다고 하니 훌륭한 텍스트가 분명하다. 그러나 이 말에 담긴 본질을 얘기하고 싶다. 이 말이 마음만 먹으면 다 되는 것이라고 착각하기 때문이다. 그래서 무언가를 해야 하거나 하지 않아야 할 때마다 마음처럼 된 적이 별로 없었다. 상황이나 환경의 영향 탓도 있겠지만, 가장 큰 이유는 바로 뜨뜻미지근한 나 자신에게 있었다.

'나름'이라는 글자를 살펴보니 아주 새롭게 다가왔다. '그 됨됨이나 하기에 달림'을 나타내는 뜻이다. 이것은 명사를 가장한 동사였던 것이다. 심지어 마음을 먹는다는 것도 행위 그 자체다. 굳게 결심해놓고 내일부터 하자고 침대로 들어가는 게 아니다. 바로 행동할 때, 몸과 정신은 우렁차게 됨을 깨달았다. 나는 체한 배를 문지르면서 마음도 마찬가지라는 생각이 들었다. 계속 마음만 먹다간 체하게 될지도 모른다는 사실을 알게 된 것이다.

하루에도 몇 번씩 해야 할 것과 하지 않아야 할 것을 나누는 우리에게 가장 중요한 순간은 '지금 바로'가 아닐까. 아무래도 이렇게 계속 마음만 먹다간 체할 게 분명하기 때문이다. 그러니 지금 바로 행동하라. 그것은 당신이 마음을 먹었다는 증거가 된다. 변화의 시작이자 성공의 신호탄이다. 이제 '이것까지만', '내일부터', '조금 있다가' 등과 같은 비명을 멈출 때다. 곧바로 가라. 계속 마음만 먹다가 체하면, 부채표도 해결 못 할 테니.

집으로 돌아왔고, 체기는 가라앉아 있었다.

비교하다

남보다 잘살려고 하는 것은
어려운 일이에요.

나보다 잘살려고 하는 것은
그보다 쉬운 일입니다.

가다

███

여러 개로 보이던 삶의 갈래는 딱 두 길이었어요.
억지로路 또는 의지로路.

▌

　다들 겪는 사춘기를 나는 열병처럼 심하게 앓았다. 그래
서 말할 수 없었고, 반항할 수 없었다. 표출하지 못하니 정
지된 순간이나 마찬가지였다. 심할 때는 사건 하나하나에
멈춰 서 망부석이 되곤 했다. 꼬리에 꼬리를 문 여러 질문
이 나를 불러 세웠다. 답을 찾을 때까지 주구장창 머물러 있
는 것이다. 사람이 적당히 아프면 살려달라고 애원이라도
하지만, 나는 그렇게 말하지도 못했다. 너무 아팠기 때문이
다. 지금도 어머니는 내가 속이 깊고 철이 일찍 들어 무난
한 사춘기를 보냈다고 생각한다. 그게 아니라고 말하기에
는 그 모습이 너무 좋아 보여서 여태 그러질 못했다. 그러
나 이젠 틀려먹었다.

산다는 일이 너무 크게 다가온 사춘기였다. 분명 살아있었지만 죽은 것만 같았다. 꾸역꾸역 하루를 살아냈다. 멈춰 서고 싶었지만 알 수 없는 힘들이 나를 자꾸 뒤에서 밀었다. 밀었기 때문에 가지 않을 수 없었다. 산다는 게 이렇게 가야만 하는 것이라면 당장이라도 멈출 요량이었다. 어린 마음에 깃든 어리석은 객기가 나에게서 나를 점점 더 밀어내고 있었다.

아버지는 이런 모습을 눈치챘는지 나에게 멋쩍은 제안을 하셨다. 워낙에 과묵한 분이 그런 말씀을 하신 게 놀라웠다. "아버지 하는 일 같이해볼래?" 아버지가 하시는 일이 공사장에서 하는 것이라고 대충 알고 있었지만 자세히 알지는 못했다. 몇 번을 물어도 무슨 일을 하는지 제대로 알려주신 적이 없었다. 알고자 하는 인간의 본성은 그 제안을 매력적으로 보이게 했다. 그래서 고민도 하지 않고 그렇게 하겠다고 대답했다. 무엇보다 아버지가 대체 무슨 일을 하는 사람인지 궁금했다.

아버지의 일터는 사춘기 소년에게 그야말로 지옥이었다. 번쩍번쩍한 빌딩들이 태어나기 전에는 모두 지옥을 품었다는 것도 그때 알았다. 눈에 보이지도 않는 시멘트 가루가 온몸의 모든 구멍을 막았다. 삐죽하게 나온 철사는 언제라도 나를 찌를 기세였고, 묵직한 석재들은 언제든 나를 덮치겠다고 위용을 과시했다. 얼마나 힘이 들었는지 온몸에 알이 배어 날마다 베개를 베면 그대로 곯아떨어졌다. 바닥에 구멍 숭숭 뚫린 임시 승강기를 탈 때면 다리가 후들거렸다. 그렇게 죽고 싶었던 내가 살고 싶어졌다. 그곳은 생사가 공존하며 서로 오가는 곳이었다. 자신의 일생을 먼지 속에 맡긴 채 식솔들을 살리는 마음이 묻힌 그런 곳이었다. 아버지가 하는 기술의 조공 역할을 몇 주 동안 해내고 있을 때쯤, 몸도 적응했는지 잊고 있던 게 생각났다.

'왜 사는가?' 이 지독하고 케케묵은 먼지 속에서 아버지가 무엇을 보시는지 궁금했다. 세상 그 누구도 이 일을 좋아할 것이라는 생각은 들지 않았다. 그러나 아버지는 해내 오시고 해내고 계셨다. 사무적인 말만 오간 부자 사이에 정적을 깨기로 했다. 나는 여기서 사는 일에 대한 답을 얻어가야 한다는 사명감이 들었다.

"아버지, 아버지는 무엇 때문에 사세요?"

아버지는 나의 싱거운 질문에 고개를 홱 돌리더니 하던 일에 집중하셨다. 오기가 생긴 나는 다시 물었다. "아버지, 아버지는 무엇 때문에 사시냐고요!" 아버지는 알 수 없는 미소를 하고 말했다.

"뭘 무엇 때문에 살어, 너 때문에 사는 거지."

많은 것이 사무쳤다. 그리고 가슴이 뜨거워졌다. 사는 일에 대한 답을 찾게 된 것이다. 산다는 것에 대해 고민하다가 삶을 포기하려고 한 나 자신이 한없이 부끄러워졌다. 무엇보다도 그 지독한 고민 속에서 스스로 의지를 가지고 삶을 끌어오신 아버지가 다시 보였다. 나는 풍요로움 속에서 억지로 질질 끌려갔지만, 아버지는 광야 같은 곳에서 스스로를 의지로 이끄셨다. 이게 아버지가 미소 지으신 이유였다.

살다 보면 사는 것 자체에 무게를 둘 때가 있다. 그것이 명쾌한 답을 내려주지는 않지만, 삶을 성숙하게 하는 것임은 분명하다. 그러나 그 질문의 끝을 너무나 부정적으로 이끌 필요는 없다. 사람의 결은 결국 다 거기서 거기이기 때문이다. 다만 삶의 결에 무엇을 품느냐가 삶을 다르게 하는 것이다. 나는 그 길을 억지로路와 의지로路라고 생각했다. 이 말은 인생길, 안 갈 수는 없다는 말이다. 이왕 가는 거 내 의지로 가리라 결심했다.

가다 보면 나를 위해 준비된 뭔가 하나는 있겠지.
없어도, 그것마저 내 길이지. 뭐, 어쩌랴.

날아오르다

둥지를 떠나지 않으면,
날아오를 수 없어요.

어릴 적, 가슴을 들뜨게 한 어여쁜 새소리가 귓가에 맴돈다. 파란 하늘을 누비며 지저귀는 소리에 시선과 마음을 모두 빼앗긴 그 시절이 그리워졌다. 지금 이 순간을 음미하며 해와 구름을 벗 삼은 새처럼 내 삶도 그러한지 묻는다. 그리고 불타는 의지가 온데간데없는 오늘이 애간장을 태운다. 아득히 멀어져가는 기억을 바라보며 생각의 결을 치고 들어온 깨달음이 있다. 바로 둥지를 떠나지 않고서는 날아오를 수 없다는 것이다.

이제는 날자.
지금 생각하는 그것을 날개삼아.

무찌르다

무지無知를
무찌르라.

나를 너무 모르고 살았다.

누군가를 붙잡고
사정없이 질문만 하다가
나에게 묻는 걸 잊은 탓이었다.

나는 나에게 물었고,
무지를 무찔렀다.

바꾸다

바꿀 수 없는 것은 없어요.
오로지 바뀌지 않으려는 나만 있을 뿐이죠.

여름 여행이 가진 재미가 있다. 겨울에 기대하지 못한 것을 본다는 설렘이 감정을 돋운다. 그래서 이번 여름에는 어떤 이야기를 남길지 한껏 기대하고 있었다. 그런데 너무 기대한 탓일까. 하늘이 우리를 돕지 않았다. 여행 일정이 천둥번개를 동반한 장맛비에 갇히게 된 것이다. 다자녀 가정인지라 비용을 절감하려고 몇 달 전부터 예약해놓았는데, 날씨를 전혀 예상하지 못해 벌어진 일이었다.

마침내 여행가는 날 아침이 밝았다. 하늘은 가지 말라며 울고 아이들은 어서 가자고 울고, 아침부터 아주 난리가 났다. 그러나 부모라는 게 하늘 무서운 줄은 모를지언정 자식을 어떻게 이기겠는가. 바리바리 싸 들고 기어코 출발했다.

도착하자마자 텐트 안에 갇힌 우리 가족은 다들 시무룩했다. 장밋빛 여행이 장맛비 여행이 됐으니 그럴 만도 했다.

밖에서는 나오면 후회할 거라고 어찌나 비바람이 휘몰아치던지 무서웠다. 이럴 줄 뻔히 알고 있었으면서 오기를 부린 순간이 후회되었다. 근데 갑자기 의기소침해진 가장家長의 등 너머로 누군가의 특명이 하달되었다. "전부 나가!" 아내의 목소리였다. 나는 어리둥절해 있는데 아이들은 때를 놓치지 않고 밖으로 돌격했다. 마치 그 모습이 적진을 향해 나아가는 장수들 같았다. 아내와 연애할 때 이런 거침없는 박력에 반했는데 그날도 그녀는 어김없이 터프했다.

여행을 움츠리게 한 것을 나는 계속해서 비라고 생각했다. 마음에 그린 휴양의 모습을 완전히 망쳐놓았으니까 말이다. 뜨거운 햇살 아래에서 공놀이도 하고, 해먹에도 좀 누워 낮잠도 잘 예정이었다. 아이들과 곤충 채집을 하려고 채집 도구도 깜짝 선물로 준비했는데 비가 망쳤다고 생각한 것이다. 그러나 나 자신을 주춤하게 한 것은 비가 아니라 내 마음이었다. 계획대로 되지 않은 불안함과 불쾌함이 앞길을 막은 것이다. 휴양을 못 한 게 아니라 안 하고 있었다. 내가

감성대장간

그린 그림을 망쳐놓아 뿔이 났던 거다.

비에도 아랑곳하지 않고 즐길 권리를 누리는 아이들을 보고 가만히 있을 수 없었다. 장맛비에 몸을 내던졌다. 이제 비는 문제가 되지 않았다. 그것은 또 다른 재미와 추억을 선사했다. 서로 물풍선을 던져주며 비에 젖은 찝찝함을 씻겨주었다. 조그마한 곤충이나 사람의 생명은 같은 것이라는 깨달음도 얻었다. 어디 그뿐인가. 준비해 간 고기를 구울 때의 짜릿함이란 만족감을 가져다줬다. 아마 몸을 던지지 않았다면 느끼지 못할 소중한 순간이었다.

누가 봐도 장밋빛 휴양은 아니었다. 확실히 장맛비 휴양이었다. 그러나 그것을 바꾸는 일은 정말 작은 차이였다. 문제를 외부에서 찾느냐 나에게서 찾느냐라는 그 틈이다. 어떤 이는 장밋빛 여행을 떠나서도 장맛비를 뿌리며 돌아온다. 비싼 비용, 복구되지 않는 시간 등이 얼마나 아까운가. 장맛비를 장밋빛 추억으로 바꾸었더니 삶의 내용이 달라졌다. 굵은 빗줄기에 몸을 던져 마음이 안온해진 것이다. 상황을 역전한다는 것은 이런 게 아닌가 싶다.

삶에 찾아오는 장마가 어찌나 미운지 모른다. 원하지도

않았는데 토악질을 쏟아내니 당연한 일이다. 그런데 그것마저도 받아들이기로 했다. 상황을 바라보는 나의 관점을 바꾸기로 했다. 그렇지 않으면 정말 중요한 것을 놓칠 수 있다고 깨달았기 때문이다. 사람이기에 좋지 않은 순간은 바꿔놓는 게 쉬운 일은 아니다. 하지만 장맛비를 장밋빛으로 볼수 있다면 그것 또한 변화 있는 삶이리라.

감성대장간

미루다

금지된 사랑.

나중에愛

일을 그만두고 육아대디('육아'와 'Daddy'의 합성어, 아기를 양육하는 아빠를 친근하게 이르는 말)로 전향했다. 그동안 안 쓰고 살았던 부위의 근육과 머리를 작동하려니 여간 힘든 게 아니었다. 삐걱삐걱하면서 푸념도 하고 복직에 대한 열망에 사로잡히기도 했다. 그러다가도 집중력을 발휘하는 나를 보면 신기할 따름이었다. 사람이란 존재가 신기한 게 어디서든 살아갈 방법을 나름대로 강구한다. 라디오랑 음악도 번갈아 틀다가 어떨 때는 스스로 가수가 되기도 했다. 그러면 한결 마음이 나아졌다. 어느새 내 생체리듬은 주부의 반열에 오를 수 있는 정도로 설정되었다.

그런데 제아무리 주부인 척하더라도 그 많은 집안일 앞

에서는 속절없이 내려앉았다. 집안일을 도맡아 하면서 이 일이 얼마나 쌀쌀맞은 성향인지 알게 된 것이다. 분명 온종 일 시간을 쏟는데도 도무지 티가 나질 않는다. 가족에게 좀 알아달라는 메시지를 눈빛에 실어 보내지만 소용없다. 세상 에 이렇게 냉정한 일이 또 있을지 의문이다. 그러나 제대로 티가 날 때도 있다. 아주 잠깐 게으름을 피우거나 미룰 때 다. 자잘한 집안일이 머지않아 후폭풍이 되어 온다. 확실하 게 티가 나므로 고스란히 내 몫이다. 문제는 밀린 집안일로 적잖은 스트레스를 받게 된다는 것이다.

그래서 '미루지 말자'라는 나름의 철학을 가지고 집안일 에 임했다. 하지만 말이 행동으로 이어지지 않는 순간이 종 종 있다. 그날 저녁도 그랬다. 귀찮은 마음에 도저히 설거지 하고 싶지 않았다. 그대로 잠자리로 달려가 눕고 싶을 뿐이 었다. 일말의 양심이 설거지통에 물은 채워야 하지 않겠냐 고 재촉했다. 설거짓거리가 물에 잠기며 어푸어푸했다. 고 무장갑의 손길을 기다리는 소망을 모르는 척하며 나중에 하겠다고 으름장을 놓았다. 기어코 머리 꼭대기까지 물에 적셔진 설거짓거리가 마지막 유언을 물 밖으로 뿜어냈다.

감성대장간

"넌 지금 할 수 있으면서, 꼭 나중에 하더라."

정곡을 찌르는 한마디에 바로 고무장갑을 꼈다. 부끄러운 마음을 지우기 위해 할 수 있는 유일한 방법이었다. 설거지를 마친 후 고무장갑에 묻은 물을 탈탈 털며, 무거운 마음도 털어버렸다. 약간의 만족감이 나를 감쌌다. 산다는 게 아주 단순한 논리에 의해 궤도를 달리할 수 있다는 걸 알면서도 항상 이 모양이다. '나중'과 '사랑愛'에 빠진 결과다. 사랑이 가진 기본 속성이 그렇지 않은가. 마구 달라붙고 싶다. 할 수 있는 걸 하고 미루지 않는 것만으로도 삶을 충분히 고귀해진다. 무언가 이루려면 가장 기본적인 걸 실천할 용기가 필요하다. 그뿐이다.

오늘은 설거지였지만 어쩌면 그동안 많은 것을 이렇게 흘려보냈을지도 모른다. 충분히 할 수 있는데도 나 자신을 과소평가하거나 귀찮다고 미룬 것이다. 그렇게 생각하니 지난 시간이 아까웠다. 예쁘게 쌓인 식기를 보며 다짐했다. 해야 할 일이 있으면 미루지 않겠다고 말이다. 그동안 너무 많은 시간을 낭비하며 살았다. 좋든 싫든 나에게 맡겨진 일들을 할 것이다. 누구에게도 나의 책임을 전가하거나 다른 사람의 말에 휩쓸려 나를 놓지 않겠다. 다가올 시간에 나중은 없다.

나중과의 사랑은 이제 끝이다.

묻다

스스로 한 번 물어봐요.

삶에 내 결심이 있는지를.

어딜 가든 뜨거운 감성이 물씬 풍긴다. 길가에 피서 물품들이 스멀스멀 고개를 내미는 걸 보니 여름이 확실하다. 지금 티켓을 사면 대폭 할인해준다는 물놀이 광고에 마음이 자꾸 당겨진다. 매년 돌아오는 여름 풍경이라 큰 감흥은 없지만, 이대로라면 언젠가 후회할 것이 압박되었다. 그래서 이번만큼은 뭔가 특별한 일을 하자고 다짐했다. 그래서 바다 위의 요정이 되기로 계획했다. 광활한 바다 위에서 춤추는 하나의 요정이 될 생각에 가슴이 들뜨기 시작했다. 오랜만에 날도 뜨겁고 가슴도 함께 뜨거워진 순간이었다.

몇 날 며칠을 바다를 생각하며 황홀경에 푹 빠져있었다. 하루는 어떤 서퍼surfer가 파도를 타는 첫 시도부터 성공하기까지 과정을 담은 영상을 보게 되었다. 파도 위에서 넘어지고 빠지기를 반복하다가 단 몇 초 서 있는 일에 어찌나 기뻐하던지 덩달아 나까지 기뻤다. 그리고 주먹을 불끈 쥘 정도로 그를 응원했다. 살면서 자신의 결심을 이룬 모습이 어찌나 아름답게 느껴졌는지 나도 한 번 해보고 싶었다. 결심만 제대로 세운다면 불가능은 없다는 확신도 들게 되었다.

누구에게나 인생의 파도는 온다. 어떤 이는 파도를 피해 아예 근처에 가지도 않는다. 또 어떤 이는 파도에 지레 겁먹고 자기 주변 사람들에게 알린다. 그러나 누군가는 매일 바다에 적셔지고 짠물을 토해가며 파도를 굴복시킨다. 파도를 보는 나의 결심을 어떻게 세우는지에 따라 다른 이야기가 펼쳐지는 것이다. 밀려왔다가 다시 나가기를 반복하는 일은 파도의 본성이다. 이번에 피했다고 해서 다음에 안도할 수 없다는 말이다. 그러므로 삶에 밀려오는 파도 앞에서 결단해야 한다. 처음에는 단 몇 초의 기쁨이지만, 파도가 손사래를 치며 혀를 내두를 때 인생은 어디에서나 굳게 설 것이다.

처음에는 서지도 못할 것이다. 그 파도를 맛봐서 잘 알지 않은가. 상당한 녀석이다. 결심했다면 단 몇 초 선 것만으로 가슴이 벅차오를 것이다. 그다음은 파도 위에 선 자신을 발견해 만세를 부를 것이다. 결국에는 파도가 당신에게 굴복하겠지. 제발 다른 바다로 가달라고. 우리의 삶은 그렇게 만들어진다. 또 다른 파도, 같은 파도, 약하거나 센 파도를 만나면서 성숙해진다. 그래도 혼자가 아니라는 사실이 얼마나 감사한가. 우린 서로 모르는 사이지만, 언젠가 같은 파도에서 만나면 정답게 인사하자.

함께여서 힘이 된다고.

만들다

젊음은 자신의 가능성을 모르고,
늙음은 자신의 가능성을 모른 체하죠.

대개 젊음과 늙음을 구분하는 것을 당연시한다. 그래야 별 탈 없이 굴러가기 때문이다. 외적으로 확연하게 다른 모습을 지녔으므로 구분하지 않으면 어딘가 어색하다. 늙음이 앉으면 젊음은 서야 한다. 늙음이 먼저면 젊음은 나중이다. 그래서 찬물도 늙음이 먼저다. 젊음은 늙음에 대한 반항이다. 넘치는 생동감으로 호시탐탐 늙음을 무너뜨릴 기회를 엿본다. 늙음은 젊음에 대한 방어다. 축적된 지혜로 젊음에게서 자리를 지킨다. 그래서 서로 양립하지 못한다. 서로 고상하게 그러는 척할 뿐이다.

그러나 한 인생을 볼 때, 젊음과 늙음은 동시에 일어난다. 지금이 젊음이고 또한 늙음이다. 나는 이것을 생각하고서 한참을 멍하니 있었다. 우리 삶에서 그렇지 않은 게 어디 한 둘이던가. 앞날이 창창한 불혹도 지천명 앞에서는 젊음이지만 이립이 볼 때는 늙음이다. 그래서 누구나 위로부터 지도받으면서 아래로는 지도한다.

내 안에 있는 젊음과 늙음을 온전히 느끼려고 안간힘을 썼다. 불쑥 튀어나오는 애매한 젊음과 모호한 늙음이 뒤죽박죽이다. 그리고 젊음의 입장에서 또 늙음의 입장에서 서로를 바라보게 했다. 그것이 동시에 존재하는 것이라면 분명 삶에 대한 훌륭한 해답이 나올 것이라고 생각했기 때문이다. 서로 붙으려고 하지 않는 척력을 겨우 잠재웠다. 둘 중 하나가 죽더라도 반드시 답을 얻겠다는 의지로 싸움을 부추겼다. 마침내 서로가 서로에게 해주는 답을 정리했다.

늙음이 젊음에게.

기백 있고 저돌적인 모습이 아주 보기 좋구려. 꾸미지 않아도 멋지고 아름다운 육체도 부러운 마음 그 자체라오. 그러나 그대가 모르는 사실이 하나 있소. 세상 돌아가는 유행에 너무 쏠리느라 그대의 가능성을 모른

단 말이지. 이것저것 남과 비교하며 사느라 성공의 확률마저 깎아 먹고 있지. 세상에 안정적이라는 것은 없소. 그런 게 대체 어디 있단 말이오. 계속 그렇게 가다간 어느 순간에 깨닫게 될 것이오. "아, 그때 할걸."이라고 말이지.

젊음이 늙음에게.

기품 있고 온화한 모습에 찬사를 보내오. 말과 행동 하나하나에 붙은 정도를 따르고 싶은 마음이 샘솟소. 그러나 당신이 착각하는 한 가지가 있소. 당신은 너무나 경직되어 있지. 그간 쌓아온 지혜라면 충분히 할 수 있으면서도 그걸 모른 체하지. 지금에 만족한다는 거짓말로 무장한 채 말이야. 당신의 그 뜨거운 열기를 난 알고 있소. 그리고 시작한다면 그 추진력이 얼마나 큰지도 알고 있지. 계속 그렇게 살다간 어느 유명한 외국 작가처럼 마지막 순간에 이렇게 말할 것이오. "우물쭈물하다가 내 이리될 줄 알았다고."

내 안에 숨 쉬는 젊음과 늙음의 설전을 보며 많은 생각이 오갔다. 그러면서 지금의 삶을 반추했다. 젊음과 늙음이 생각보다 아주 잘 어울렸다. 서로 배척하고 밀어내고 있지만 서로 끌어주기에 안성맞춤이었다. 이만한 베스트커플이 없다고 생각했다. 갈등은 인정하지 못함에서 비롯된다. 그러나 같은 인간으로서 가능성을 믿고 독려할 때, 진정한 의미에서 삶의 질이 회복되리라 믿는다. 내 안에 사는 젊음과 늙음을 앞으로 그렇게 만들어가련다.

　젊음은 늙음을
　늙음은 젊음을 서로 꺾지 마소서.

기다리다

기다림 없이는
아무것도 없다.

기다림이라는 말이 품은 기대감은 마치 솜사탕 기계 안에서 구르는 설탕 같다. 볼품없는 기계 안에서 과연 솜사탕이 만들어질지 의문을 품으면서도 걷잡을 수 없이 커지는 모습에 휘둥그레지기 때문이다. 그러고 보면 사람은 본래 기대할 수 있는 것을 기다린다는 깨달음을 얻는다.

기다림을 생각해볼 날이 있었다. 아내를 기다리며 주문한 아메리카노는 너무나 도도했다. 뜨거워서 도저히 다가갈 수가 없었다. 성급한 마음에 입술을 내밀었더니 아직은 안 된다고 말하는 숙녀처럼 나를 밀쳐냈다. 더 다가가는 것은 신사의 품위가 아니었다. 머그잔에 담긴 그녀가 나에 대한 경계를 풀 때까지 기다리기로 했다. 더 깊고 깊은 풍미

감성대장간

를 주길 기대하면서 눈을 들어 유리창으로 시선을 옮겼다.

유리창 너머로 다들 바삐 움직이고 있었다. 그 가운데 홀로 멈춰 서있는 하늘색 셔츠에 검정 슬랙스 바지를 입은 아가씨가 보였다. 맵시 있는 옷차림과는 다르게 무언가 작정한 모양인지 신발은 나이키 운동화였다. 무심하게 지나치는 사람들 사이로 그녀는 뭔가 할 말이 많아 보였다. 손에는 할 말을 적은 물티슈 다발을 들고 있었다. 아마 오늘 내로 물티슈를 다 나눠줘야 하는 것 같았다. 나는 그녀가 써 내려갈 삶의 한 장면이 기대되어 잠자코 기다려보기로 했다.

아, 역시 첫 시도는 불발이었다. 그녀가 직접 행동에 나선 것은 아니었지만 깨문 입술로 보아 알아차릴 수 있었다. 눈길도 주지 않고 지나가는 사람, 손사래를 치며 경계하는 사람, 받고 바닥에 던지는 사람이 보통이었다. 그녀는 적잖게 고민하는 것으로 보였다. 입술을 좀 더 꽉 깨물었기 때문이다. 그렇게 지나치는 사람들 사이에서 지독한 외로움과 다투는 것처럼 보였다. 그러더니 기어코 어떤 사람의 손에 할 말을 적은 물티슈를 쥐여 보냈다. 그다음부터는 물꼬가 튼 것처럼 기다렸다가 건네는 일을 아주 능숙하게 해냈다. 기쁨과 슬픔의 경계에서 기다림을 다루는 방법을 알게 된 것이다.

나는 그녀의 기다림을 보며 사람 인생도 똑같다는 생각에 젖어 들었다. 누군가 물티슈에 붙인 메시지를 보고 그녀와 함께 갈 수 있다면 그녀에게는 최고의 순간이리라. 나의 삶도 마찬가지다. 그렇기 때문에 비관하며 살 필요가 없다. 없으면 없는 대로 있으면 있는 대로 뜻을 따라가면 그만이다. 그러다 내 생각에 공감하는 이를 만나면 손을 부여잡고 가면 된다. 모든 사람이 나의 뜻을 알아주는 게 중요한 게 아니라 모든 사람이 나의 뜻을 꺾어도 묵묵히 갈 수 있느냐가 중요하다. 결국 사람은 싸늘한 냉기 안에서 퍼지는 작은 온기로 살기 때문이다.

커피 한 모금 하려고 잠시 한눈판 사이에 그녀는 사라지고 없었다. 기다림 없이는 아무것도 없다는 메시지를 남기고서.

헤치다

내일이 흐릿하더라도
오늘은 또렷하게 살아야 해요.

미세먼지가 심하다. 요즘 아이들은 하늘을 회색으로 칠한다고 하니 하늘색의 명예도 상당히 실추했다. 힘들 때 하늘을 한 번씩 올려다보라고 권하는 일도 옛말이다. 요즘처럼 바삐 움직이는 시대에서는 하늘을 바라볼 시간도 아깝다. 차라리 실리를 추구하는 편이 더 낫다. 굳이 마음과 같은 회색빛 하늘을 보고 기죽을 이유가 없다. 하지만 기분이 울적한 날이면 그 흐릿한 하늘에서도 또렷함을 찾고 싶을 때가 있다. 그래도 파란 하늘을 보고 싶다는 마음이 꿈틀거리는 것이다. 파란 하늘의 맛을 아는 사람은 본디 그럴 수밖에 없다.

사는 일이 그렇다. 하루하루 반복되는 일상과 그 안에서의 걸음이 무겁게 느껴진다. 그러다 보면 나도 모르는 사이 부정적인 것들이 삶을 휘감는다. 곱게 모양을 내도 모자랄 판에 삶이 축 처지는 것이다. 홀로 멍하니 앉아있다 보면 제대로 살고 있는 건지 의문도 피어난다. 열정이란 게 정말 있다면 도대체 어디서 무얼 하고 있는 건지 배신감이 몰려온다. 그럴 때는 빠르게만 걷던 발걸음을 늦춰 마음에 얼굴을 파묻어야 한다. 그러면 열정이란 순간 활활 타오르는 불이 아니라 매일매일 꾸준히 반복하는 것임을 알게 된다.

당신에게 한 가지 묻고 싶다. 흐릿해서 보이지 않는 미래를 앞에 두고 있으면서도 왜 그렇게 오늘을 또렷하게 사는가. 자신의 삶이 가장 힘들다고 말하면서 왜 다른 사람의 삶에 연민을 가지는가. 나는 매일매일 반복되는 일상이라는 꾸준함을 가지고 있기에 그렇다고 본다. 언젠가는 꼭 파란 하늘이 뜰 것 같은 믿음이 있는 것이다. 나보다 더 어려운 사람들 앞에 인간 대 인간으로서 겸손해지는 것이다. 그런 당신에게 나는 열정이 있다고 말하고 싶다. 그 누구보다 가장 치켜세워주고 싶다.

내일이 흐릿하다고 오늘을 허투루 사는 일은 얼마나 안

감성대장간

타까운 삶인가. 그런 삶은 어쩌다 한 번 뜨는 파란 하늘에도 아무 감흥을 보이지 않을 것이다. 그러니 지금의 삶을 소중히 여기고 사랑하자. 매일 쳇바퀴를 도는 다람쥐가 지치지 않는 심장과 튼튼한 다리를 얻게 된 이유는 그 꾸준함, 바로 열정에 있다. 결국 결말은 내일이 흐릿하더라도 오늘을 또렷하게 산 자의 완벽한 승리다. 언젠가 파란 하늘이 머리 위를 가득 덮는 날, 당신만은 그 맛이 무엇인지 알게 되리라. 가슴속에 또렷하게 살겠다는 열정이 있으니 말이다.

철들다

—

얼마나 철이 들어야

이 철이 짧다는 걸 깨닫게 되는지요.

▌

우렁차게 구애의 노래를 부르는 새들을 보니 이제 제법 봄기운이 온 땅에 드리워진 듯하다. 겨우내 나 홀로 짝을 위해 노래 연습을 하고, 봄에는 깃털을 뽑아 매무새를 가다듬었을 것을 생각하니 참으로 기특하다는 생각이 든다. 때를 알고 때에 맞게 준비하는 것이 얼마나 고귀한 일인지 깨닫는 된다. 아마도 그 새는 정열적인 사랑을 쟁취할 게 분명하다. 때를 아는 자의 특권이기 때문이다.

쏜살같이 지나는 삶의 흐름에 멍하니 있는 나를 돌아본다. 갖은 이유를 다 붙여가며 정의를 모른 체한 그 순간, 나도 먹고살기 힘들다고 배고픈 자의 손길을 뿌리친 그 찰나, 내면의 고요한 소리를 무시하고 현실을 택한 그때를 생각하니 얼굴 내밀기가 뭐하다. 한 철은 세 개의 철을 지나 다시 돌아온다. 기회가 있다는 뜻이다. 철이 든다는 것은 그때 해야 할 것을 철저히 준비해 행동하는 것이다. 해야 할 때, 몸과 정신을 우렁차게 해 광활한 대지로 가는 것이다. 짧디 짧은 삶의 중턱에서 때를 알고 준비해볼 것을 다짐해본다. 그러다 보면 정열적인 그 찰나가 오겠지. 그리고 그것을 움켜쥐기만 하면 된다.

배신하다

노력은

배신하지 않아요.

내가

노력을

배신할 뿐이죠.

감성 대장간

3.

집게

방향을 정하다

속도보다는

방향에 몰두한다.

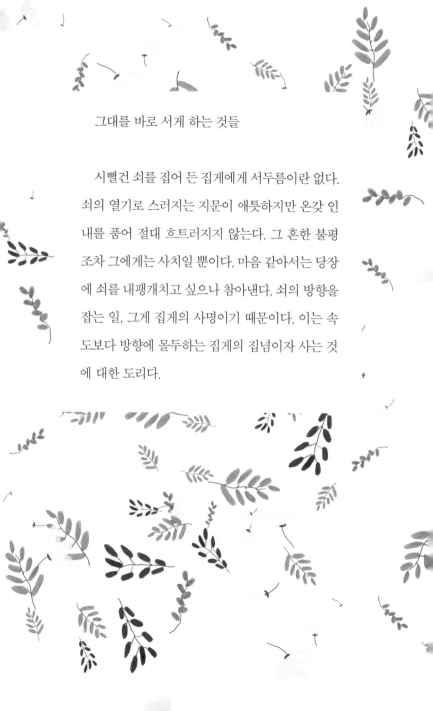

그대를 바로 서게 하는 것들

　시뻘건 쇠를 집어 든 집게에게 서두름이란 없다.
쇠의 열기로 스러지는 지문이 애틋하지만 온갖 인
내를 품어 절대 흐트러지지 않는다. 그 흔한 불평
조차 그에게는 사치일 뿐이다. 마음 같아서는 당장
에 쇠를 내팽개치고 싶으나 참아낸다. 쇠의 방향을
잡는 일, 그게 집게의 사명이기 때문이다. 이는 속
도보다 방향에 몰두하는 집게의 집념이자 사는 것
에 대한 도리다.

세우다

바라는 삶보다는
바람직한 삶을 세우세요.

하루가 카메라 셔터처럼 재빠르게 열고 닫힌다. 시간은 느린데 마음이 빨라 애가 타는 것이다. 사람에겐 딱 그 틈만큼의 아량이 있다. 그래서 넘지 않아야 할 선을 쉬이 넘는다.

지긋지긋하다. 욕심이 삶을 망가뜨린다는 진리를 잘 알면서도 그 생명력은 죽지를 않는다. 순간마다 반성이라는 제초제를 뿌리고 회개라는 농약을 치는 일이 허망하다. 나이 한 줄을 올리면 바라는 것들도 함께 딸려온다. 사람이란 본래 채우게 되어 있다지만 넘쳐흐를 때까지 채우는 것은 말썽을 낳는다. 어떨 때는 넘쳐흐르고 있다는 것조차 알아차리지 못한다. 또 흘러나온 내용물이 자신을 오염시키고 있다는 것을 못 본 척한다. 내일도 축일 수 없다는 막연한

감성대장간

불안감이 그렇게 만들었다. 어쩌면 이 불안감은 텅 빈 가슴을 가리고 싶은 수치심일지도 모른다.

삶에 그렇게 주저하는 것이 많은데도 욕심에는 망설임이 없다. 입으로는 거룩한 척하면서 행동은 천박하니 어불성설이다. 이래서는 안 되겠다고 생각한 날이 있었다. 정지선을 지켜야 한다는 강박감이 들어온 것이다. 그깟 정지선 하나 지킨다고 인생이 극적으로 변하는 건 아니다. 그러나 마음의 부끄러움을 극적으로 잠재울 수 있다. 그동안 적어놓은 욕심들을 차근차근 지우기 시작했다. 지워진 자리에는 이렇게 쓰여 있었다.

'바라는 삶보다는 바람직한 삶을 세워라.'

언젠가 몇 글자 안 되는 내 이름을 책임져야 할 날이 온다. 혼자 덩그러니 산 게 아니라면 죽기 전이든 후든 그 시간을 맞이해야 한다. 자기 이름을 허공에 산화하는 사람들을 얼마나 많이 봐왔는지 헤아리기 어렵다. 적당히 멈추지 않고 넘쳐 흘러나오게 둔 것들이 그렇게 만들었다. 결국은 익지 못해 부패한 것이다. 세우지 못해 나자빠진 것이다.

　나의 앞날을, 바라는 삶보다는 바람직한 삶에 관심을 두기로 했다. 그렇게 마음의 '바람'은 심연의 '바람직함'으로 다시 태어났다. 훗날 나의 클래스가 노인네가 되느냐 어르신神이 되느냐는 온전히 그것에 달렸다.

　암, 그렇고말고.

감성대장간

그릇되다

▰

사람의 그릇이란 그릇된 일을 하지 않는다면
그걸로 족한 거예요.

▮

자는 연장이다. 길이, 너비, 깊이, 두께 등을 재는 역할을
한다. 또 하나, 척도라는 말의 뿌리다. 척도란 본래 자로 잰
길이라는 뜻이지만 우열을 가리는데 더 많이 쓰인다. 재지
않으면 옴이 붙는 인간의 오래된 병이다. 사람은 저마다 자
를 가지고 산다. 그 길이는 천차만별이다. 마음이 너그러운
사람일수록 긴 자를 쓴다. 반대로 마음이 급급한 사람은 짧
은 자를 들이민다. 자를 가지고 있지 않은 사람은 없다. 간
혹 줄자를 주머니에 넣어두고서 없는 척하는 사람은 있다.
그런 사람도 절체절명의 순간에는 줄자를 쫙 뽑아내어 칼
같이 잰다. 문제는 그 자가 간혹 사람도 죽인다는 점이다.

옆 부서 상사가 부하에게 사람의 그릇에 대해 설파하고

있었다. 너무나 거룩한 말씀이라 강 건너 불구경하듯 잠자코 듣고 있을 뿐이었다. 도량이 삼십 센티도 채 되지 않을 자를 들고 부하를 난도질하는 중이었다. 내용을 보아하니 추진하던 일을 그르친 모양이다. 업무에 관해 정확한 평가를 하고 문제를 해결하면 좋았을 텐데, 기어코 상사는 부하의 마음을 내키는 대로 잘라버렸다. 그릇이 작다고 내동댕이치니 그 그릇이 어디 성하겠는가. 부하는 고개를 푹 숙인 채 아무 말도 하지 못했다. 하고 싶은 말이 많지만 참고 있다는 걸 알 수 있었다. 듣고 있던 동년의 내 마음이 꿈틀댔다.

한참을 듣고 있으니 마음에 반항심이 조금 생겼다. 울컥했지만 더 난처한 상황을 만들까 두려워 그만 접었다. 그러면서 사람의 그릇에 대해 곰곰이 생각했다. 사람이 가진 그릇을 기량으로만 바라본다면 완벽한 사람이 어디 있겠는가. 사람이 자기 능력을 넉넉히 떨치는 일은 서로 다를 뿐 없는 게 아니다. 한 가지를 못했다고 딱딱한 잣대를 대어 그릇을 자른다면 세상을 어떻게 살 수 있는가. 종지는 약간의 양념을 담아야 아름답고, 대접은 뜨거운 국물을 담아야 보기 좋은 법이다.

결론을 내렸다. 사람의 그릇이란, 퉁명스러운 자를 갖다 대기보다는 내면의 성실함을 보아야 하는 것이라고 말이다. 그러므로 그릇된 일을 하지 않는 것이 가장 중요하다. 생각에 조금 깊이가 없으면 어떤가. 보고가 남들보다 서툴면 좀 어떤가. 덕망과 존경을 받으며 큰 그릇이라고 칭송받는 사람이 사실 그릇된 일을 하고 있었다는 폭로가 더 큰 충격을 준다. 자기 그릇만 챙기다가 낙오하는 사례를 생각해보라. 우리가 가진 인생의 그릇, 그렇게 넓거나 깊지 않아도 괜찮다. 그릇된 일을 하지 않는 것만으로도 이미 훌륭하다.

지지하다

—

삶이 버거울지라도,
지지한 것은 손대지 마세요.
그럼 지지 않을 거예요.

그런 당신을
지지합니다.

감성대장간

일으키다

사람이 되고자 하는 의지,
그것이 삶을 다시 일으켜요.

명함을 한 장 건네받았다.

"굽는 사람, 노영대."

강렬했다. 느슨해진 마음의 결을 단숨에 헤집고 들어왔
다. 동료들과의 기탄없는 식사 자리가 아쉬워 옮긴 양고기
집에서 나는 감성에 불탔다. 굽는 사람이라니. 사장도 아니
고, 대표나 매니저도 아닌 굽는 사람이라니. 눈을 비비며 명
함을 다시 봤다. 영락없이 굽는 사람이었다. 일흔을 바라본
다는 사내가 건넨 명함이 나를 마구 흔들었다. 살면서 사랑
해 다음으로 나를 미치게 한 짧은 글자였다. 명함을 한 번

봤다가 다시 굽는 사람의 얼굴을 번갈아봤다. 분명 보통 사람이 뿜는 기운이 아니었다.

명함 꽤 받아봤지만 이런 느낌은 처음이었다. 이 사람이 어떤 사람인지, 뭐 하는 사람인지, 무슨 생각을 하고 사는 사람인지 아주 명료하게 이해됐기 때문이다. '혹시나'는 '역시나'라고 했던가. 그의 언행에는 수많은 세월을 조각한 사람으로서의 품격이 있었다. 여기가 지금 양고기 식당인지 인격 수양소인지 분간이 안 됐다. 그를 따르고 싶고 배우고 싶었다. 이제 서른이 갓 넘은 내가, 나보다 두 배를 더 산 굽는 사람에게 들이대며 간단히 통성명했다.

세상 사람 누구 하나 따질 것 없이 나부터도 나를 설명하기 어렵다. 나는 누구인가라는 본질적인 물음이 머리를 휘감았다. 짱짱하게 똬리를 튼 뱀처럼 그 물음은 나를 절대 놓아주지를 않았다. 동료들의 대화 속에 오가는 말이 귀에서 튕겨나갔다. 나는 어떤 사람이지. 나를 어떻게 설명할 수 있는지 생각해내려고 갖은 힘을 썼다. 쨍하고 부딪히는 술잔에 담겨 목을 타넘는 소주도 나를 쓰러뜨리지 못했다. 나에게는 죽느냐 사느냐가 걸린 찰나였기 때문이다. 그 순간 일이 나고야 말았다. 머리와 턱수염이 희끗희끗한 굽는 사람이 나를 불렀다.

"글 쓰는 양반, 근데 어떤 글을 쓰시오?"

멍했다. 그리고 망했다. 굽는 사람의 통찰력에 멍했고, 나의 멍청함을 들킨 것에 망했다. 마치 어린아이가 처음 마주한 곱셈 문제 앞에서 쩔쩔매자 훈수를 두는 모양새였다. 그래도 그는 마지막에 인간미를 보였다. 어떤 글을 쓰는지 스스로 답해 주기를 바랐다. 그렇다. 나는 쓰는 사람이었다. 여태 그걸 모르고 살았다. 조잡한 몇 줄로 입에 풀칠할 생각이나 하며, 작가라는 소리를 들으면 그저 좋아했다. 공은 없으면서 마치 훈장을 단 것처럼 말이다. 부끄러움이 밀려왔다. 이 개운치 않은 기분을 날려버리고 싶었다.

"저는 사람 사는 이야기를 씁니다."

자리를 마치고 집에 와 빈 노트를 꺼내 적었다. "쓰는 사람, 이영진." 드디어 사람이 됐다. 우리 부모님, 나에게 공부하라고 말씀하신 적 없어도 늘 사람이 되라고 신신당부하셨다. 마침내 그것을 이루었다. 효자가 따로 없다. 내가 어떤 사람인지, 뭐 하는 사람인지, 무슨 생각을 하고 사는 사람인지 아주 명료하게 정리되었다. 오래전 풀지 못해 그냥 사는 대로 살자고 두고 온 문제를 풀었다. 먼저 사람이 되는 일에 집중해야 했다. 내가 아는 모든 것은 그다음 문제였다. 마음은 깃털 같았고, 내일이 기대됐다. 한 번도 기대해 본 적 없는 내 일이.

그대는 어떤 사람인가?

감성대장간

가리키다

삶에 정답은 없어도
방향은 있는 법이죠.

늘 정답을 찾는 데 익숙해진 삶을 이끌다 보면 난관에 부딪힐 때가 있다. 예상치 못한 오답이 꼭 맞는 정답이 되기도 하고, 철석같이 믿은 정답에 배신당하기도 한다. 그렇게 믿은 정답이, 정답이 아니라면 삶을 대체 어디에 둘 수 있는지 궁금했다. 그래서 이렇게 생각했다.

삶에 정답은 없어도 방향은 있는 법이라고. 정답을 잃는 것은 하루를 잃는 것이지만 방향을 잃는 것은 삶 전체를 잃는 것이다. 방향을 세워라. 답은 몰라도 괜찮다.

당신의 방향이 확고하다면.

성형하다

진짜 성형이 필요한 곳은
잔뜩 구부러진 내 마음이 아닐는지요.

새벽 댓바람부터 예뻐지고 싶은 소망이 남몰래 눈을 뜬
다. 인류의 마음을 수도 없이 앗아간 미美의 함정에 빠진 것
이다. 예쁘다. 나만 빼고 다들 예뻐 보인다. 마음에 이름 모
를 바람이 불었다. 외모를 고치고 싶은 바람이 솟아났다. 나
면서부터 졸보에 가까운 성향인지라 화끈하지는 못하다. 그
나마 간단하다고 알려진 두꺼운 눈썹을 갖는 일에 희망을
걸었다. 끝이 흐린 눈썹을 채우면 더 나은 외모를 갖는다는
희망이 꿈틀거렸다. 드디어 나도 예쁜 것들 축에 낄 수 있다
니, 인생의 과제 하나를 해결한다는 기쁨에 취했다.

눈에는 눈썹만 보이기 시작했다. 머릿속에서 모양 선별
작업이 은밀하게 진행되었다. 두꺼운 눈썹, 짧은 눈썹, 아래

로 쳐진 눈썹, 갈매기 눈썹, 모나리자 눈썹, 일자 눈썹. 참 많기도 많다. 예뻐지는 일이 이토록 고난의 길이었단 말인가. 하지만 포기할 수는 없다. 다시 돌아가기엔 너무 먼 길을 왔다. 예약은 완료되고 내 마음도 준비되었다.

그러나 원래 욕심에는 정착지가 없다고 했던가. 이제는 조금 불완전해 보이는 코와 입술 턱 등이 눈에 들어왔다. 문신에서 성형으로 개념이 확장하는 순간이었다. 정신을 가다듬고 거울을 봤다. 한참을 들여다보다 이번 생에는 답이 나오지 않을 것 같아 황급히 마음을 접었다. 그래도 양심이 있었나 보다. 거울을 등지는 순간에 누군가 등을 치며 부른다. 바로 잔뜩 구부러진 못난 마음이었다.

눈에 보이지 않아 늘 간과하는 그곳! 불쑥불쑥 튀어나와 삶을 곤란하게 하는 그곳! 혼자 있을 때 더 악랄해지는 그곳! 바로 마음이었다. 조금 비뚤어진 코와 넓적한 턱선, 그리고 비대칭 쌍꺼풀보다 훨씬 수술이 급한 곳이었다. 다행히 수술비용이 없어 스스로 고치겠다는 의지만 있으면 어떻게든 수술이 가능하다.

가끔 밖으로 비치는 외면에만 치중한 나머지 내면에서

풍기는 마음의 향기를 놓치며 산다. 자고로 사람의 향기란 마음을 통해 풍기는 법이라 했다. 외모를 아름답게 하고 싶은 그 뜨거움을 내면에 조금만 할애해야겠다. 사람들이 나에게 죽을 때가 되었냐고 묻겠지만, 이것이 나를 살게 하는 일임을 믿는다. 그것은 쉬이 흩어져 사라지지 않는다. 누군가에게 전해지고 전해져 그윽한 정열을 남길 테니까.

타다

활활 타고서 재로 남는 장작이지만,

그 모습이 추하다고 손가락질할 수는 없어요.

걱정 말고

활활 타오르세요.

뉘우치다

━━

뉘우칠 수 있어서
얼마나 다행인지요.

▌

　몸이 좋지 않아 병원을 찾을 때가 있다. 사람 노릇하겠다
고 아파도 참으며 해왔던 것들이 가끔 말썽을 부려서다. 사
람 사는 일 혼자가 아니기에 무릇 그런 일들이 종종 있다. 나
에게 양약은 그때뿐일 때가 많은지라 한의원을 찾는다. 뭐
그렇다고 낫는 건 아니다. 고통에서 벗어날 시간을 좀 더 길
게 연장할 뿐이다. 깨진 유리를 아무리 촘촘하게 붙인다한
들 이미 그어진 금을 어쩌랴. 그나마 치료를 받을 수 있다는
것으로 위안을 삼는다.

　침鍼이 피부를 뚫고 밀려올 때마다 찌릿찌릿하다. 머리카
락이 서고 정신이 번쩍 든다. 몸을 아끼지 않은 벌로 의도치
않게 반성의 시간을 갖는다. 건강은 상하기 전에 보살펴야

한다는 말을 되새긴다. 너무 자만한 탓에 이 꼴이 났다. 누워 있는 시간이 무료하다. 손을 대지 않고 침을 뺄 수 있는지 궁금해서 근육에 힘을 주었다 뺐다 반복해본다. 아내의 혀 차는 소리가 한의원까지 들린다. 챙겨줄 때 먹었어야 하는 각종 즙과 비타민이 그립다. 집에 가자마자 그동안 누락한 것들을 찾아 건강해질 것을 스스로 약속했다. 그러자 마음의 소리가 피식하고 웃으며 봉투 하나를 건넨다. 봉투를 여니 '뉘우침'이라는 글자가 들어있었다.

몸은 그렇다 치고 맘이 제대로 굴러가는지 확인하라는 신호다. 맘까지 상해버리면 인간 무리에서 탈락임을 강조한다. 사람은 자기 몸 상하는 것은 끔찍이 하면서도 맘 상하는 것은 방치하곤 한다. 건강에 적신호가 들어올 때 치료를 받는 것은 당연한 일이다. 인간성에 적신호가 들어올 때도 마찬가지다. 이 치료는 누군가 해주는 것이 아니라 스스로 해야 한다. 환자와 의사가 내 안에 공존한다. 고로 받는 것이 아니라 하는 것이다.

뉘우칠 날들을 곱씹어본다. 사람과의 관계에서 생긴 크고 작은 잘못들이 열을 맞춰 선다. 그중에는 내 잘못이 명

백한데도 자존심 때문에 억지를 부린 것이 꽤 있다. 이기적인 마음으로 아픔만 주고 반성을 외면한 것이다. 서툰 변명으로 나를 가리기 바빴던 시간이 무너진다. 침이 내 몸을 파고들어 막힌 기혈氣穴을 뚫어내듯이 뉘우침은 맘이 흐르는 길목에 막힌 아집我執을 터뜨렸다. 뉘우침의 효과다. 마음에 묵직하게 박혀있던 벽돌을 빼내었더니 세상이 유순해졌다. 비로소 정상 궤도에 안착했다.

마음도 몸처럼 상하기 전에 보살펴야 한다. 몸이야 언젠가는 반드시 끝나 원래 있던 곳으로 되돌아간다. 하지만 마음은 그대로 남는다. 살면서 누군가를 잊지 않는 일은 마음을 기억하는 것이지 몸을 기억하는 게 아니다. 그래서 몸은 죽어도 마음은 정신, 이념, 의지, 용기 등의 이름으로 계속 전해지는 것이다. 다시 모아진 마음의 맑은 콧소리가 기쁘게 느껴진다. 침을 맞으러 왔다가 뉘우침까지 맞았으니 이것 또한 복이다. 뉘우칠 수 있다는 게 얼마나 다행인가.

주리다

배를 주려도 마음을 주려서는
안 될 일입니다.

동생들에게 늘 양보하고 참아야 하는 딸을 위해 환기가 필요하고 생각했다. 한정된 재화 속에서 나눔과 배려를 실천하는 일이 더 의미 있다고 생각했지만, 아직 어린 딸에게 감정의 골이 깊어질까 싶어 내린 결단이었다. 일단 배부터 채우자는 딸의 제안에 가장 좋아하는 식당으로 발을 옮겼다. 번화한 거리는 겨울을 뜨겁게 데우는 연인들과 김이 모락모락 나는 식당들로 벌써 기분전환이 되는 듯했다.

그때 자전거에 수레를 연결해 파지를 모으시는 할아버지의 모습이 유독 눈에 담겼다. 이 좋은 날을 우리 부녀만 만끽하는 것 같아 마음이 무거웠다. 하늘은 우리 부녀를 테스트하고 싶었는지, 할아버지의 수레에서 파지를 잔뜩 떨어뜨렸다. 딸과 나는 자연스럽게 파지를 주워 담기 시작했다. 그런 마음은 당연히 행동으로 옮겨야 한다고 생각했지만, 사람들의 시선이 신경 쓰여 얼른 끝내고 싶었다. 그러나 이런 생각에 회초리가 닿듯 갑자기 마음이 뭉클해졌다. 길거리에 있던 사람들이 하나가 되어 그 많던 파지를 함께 정리했기 때문이다. 뜨뜻한 밥 한 공기를 제쳐두고 따뜻한 마음 한 공기를 대접한 일은 너무나도 값진 일이었다. 무엇보다도 이 땅이 아직은 사람 냄새나는 곳이라는 확신이 섰다.

"할아버지, 새해 복 많이 많으세요"라며 오고 가는 덕담에 찬바람이 불던 그 겨울은 여름보다도 더 뜨거웠다. 사람 사는 일이란 이런 것이 아닐까. 서로의 마음에 마음을 더하는 일. 나는 그날을 이렇게 기억한다. 무엇보다도 나 혼자가 아니라 우리 모두가 마음을 채웠다는 사실에 마음이 벅찼다. "혼자만 잘 살믄 무슨 재민겨."라고 말한 전우익 선생처럼, 가끔은 정신없이 목표를 향해 달리기보다는 주변을 잘 돌아봐야 한다. 단언컨대 마음의 풍요로움은 배의 굶주림을 이길 것이 분명하기 때문이다.

얻다

무엇을 얻었는지보다
어떻게 얻었느냐에 삶의 무게를 두어요.

그 무게가 그대를
흔들리지 않게 하리니.

집게

유혹하다

유혹, 이미 말하고 있어요.
혹을 달 수 있으니 조심하라고.

"오늘은 어떤 이야기 해줄 거예요?"

내 가슴에 와락 안기며 던지는 아들의 넉살에 기분이 좋다. 잠이 들기 전 간간이 해주는 아빠의 이야기보따리를 큰아들은 유독 좋아한다. 바쁘다는 핑계로 잘 살피지 못하고, 주말이면 이불과 혼연일체가 되는 고전적인 아빠의 모습에 불안을 느낀 것일까. 아니면 자려고 눈을 감았을 때, 부모와의 단절이 두려운 것일까. 이유는 알 수 없지만 바짓가랑이를 잡고 늘어지는 녀석의 앙탈에 나는 무너진다. 미처 준비하지 못했지만 기지를 발휘한다. 책장에《혹부리 영감》이 있던 것이 떠올라 아이들을 몰고 침상으로 향한다.

감성대장간

'옛날 옛적에'로 시작되는 이야기는 우리의 삶 깊은 곳에 뿌려져 자양분 역할을 한다. 물론 머리가 커지면 판도는 달라진다. 세상과의 사투에서 질 때마다 부모의 말이 틀렸음을 절실히 깨닫게 되기 때문이다. 그래도 결국 우리 삶의 종착지가 그 이야기와 비슷하다는 것을 거부하기 어렵다. 돈을 많이 벌어야 한다느니 권력을 쟁취해야 한다느니 이런 이야기는 부모가 할 게 아니다. 그건 홀로 자빠지며 알아서 체득되는 것이다. 부모는 아이가 바른길로 가도록 말하는 사람이다. 그래서 최대한 권선징악을 부각하며 이야기를 시작했다.

한껏 기대감에 부푼 아이들인데 이야기가 중반을 넘어가자 새근거리며 잠들었다. 아무리 좋은 말도 길면 졸린 법인걸 알면서도 결말을 짓지 못한 게 섭섭하다. 큰아들은 여전히 내 바짓가랑이를 놓지 않고 있다. 그 마음이 안쓰럽지만 기분은 좋다. 이중적인 아빠의 모습을 뒤로하고 못다 한 일을 마무리하려는 찰나 혹부리 영감을 읽어보고 싶다는 생각이 들었다. 마치 아이들이 이 책으로 나를 이끈 듯하다. 술술 내려가는 이야기에 잊고 있던 뜨거움이 가슴을 채웠다.

책장을 덮자 무거운 감동이 밀려왔다.

없는 혹도 그게 보약이라면 제 몸에 잔뜩 붙이는 게 사람이다. 사람은 이렇게 유치하고 졸렬하다. 혹부리 영감과는 다른 이야기지만 형태를 바꾸면 떼려는 것이나 달려는 것이나 결국 같은 이야기다. 나라고 어디 자유로울까. 아마 가정 먼저 선두에 서 대장 노릇하며 그 혹을 쟁취하고 말 것이다. 그나마 어릴 적에 쌓아둔 귀감이 될 만한 이야기들이 그러면 안 된다고 나를 막고 있을 뿐이다. 그래서 세 살 버릇이 여든 간다고 하는가 보다. 고로 어릴 때 좋은 걸 많이 느껴야 한다.

하루하루를 차곡차곡 쌓아가며 잘 이겨내다가도 유혹이 밀려올 때가 있다. 인생길, 더 쉽게 가려는 못난 마음이 발동하기 때문이다. 우리는 늘 이 괴로운 싸움에서 아파한다. 유혹을 못 이겨 고꾸라진 선례를 보면서도 그 길이 탐난다. 철없는 인간의 본성이다. 혹부리 영감의 혹 뗀 소식을 듣고, 한탕 해볼 생각으로 뒤따르던 사람도 얼마나 안타까운 일인가. 무거운 혹을 떼려다가 도리어 두 배가 되었으니 말이다. 그래서 우리에게 확실한 교훈이 된다.

정신없이 휘몰아치는 삶의 여정에서 당신이 내다보는 것은 무엇인가. 정원 딸린 으리으리한 집에서 유유자적 수영을 하고 있는가. 분명 그렇게 될 것이다. 그러나 지탄받을 일로 치장하며 이루지 않기길 바란다. 인간으로서의 겸허함과 공생의 가치를 잊지 않고 뜻한 바대로 나아갔으면 좋겠다. 그리고 내면과 충분히 대화하여 그것보다 더 깊은 삶의 묘미를 찾길 바란다. 꼭.

있을 유有, 혹!
알면서도 속지 마시길.

해석하다

삶에 대한 해석,
그게 중요하답니다.

밤낮의 기온 차로 목이 쓰라리다. 그 격차가 벌어지면 벌어질수록 통증은 더할 것이다. 그러나 자연의 법은 경이로워서 더 큰 상처가 나기 전에 격차를 줄인다. 자연도 한동안 온기와 냉기를 오가는 일이 얼마나 버겁겠는가. 세상 온 만물을 등에 지고 가는 자연의 숙명이다. 어쩌면 자신을 내던지며 온몸에 멍이 들어가면서도 만물에는 가벼운 목감기로 겨울을 준비하라는 신호를 주는 것일지도 모른다. 그래서 자연 앞에서는 나도 모르게 겸허해진다.

이에 비해 만물은 서로 차이를 벌리느라 정신이 없다. 그 중에서도 인간은 그 좋은 머리를 가지고 스스로 고통의 길로 들어서니 안쓰럽다. 조금이라도 위에서 아래를 내려다

감성대장간

봐야 직성이 풀리는 못난이다. 백번 천번 양보해서 그래도 그것이 인간사를 발전시키고 지금의 시대를 열었다는 사실에 고개를 끄덕인다. 그렇다고 그에 따른 병폐를 가릴 수는 없는 노릇이다. 겉으로는 훤칠해졌지만 안으로는 분명 해어졌으리라.

그래도 참 다행이라는 생각이 들 때가 있다. 사람마다 주어진 게 모두 다른데도 그것이 꼭 같은 결과를 내지 않기 때문이다. 세상 부러울 것 없는 재력가 집안의 자식도 고꾸라지기 일쑤다. 21세기에 들어서도 삼시 세끼를 다 챙기지 못한 아이가 개천을 뚫고 나와 용이 된다. 삶에 대한 해석이 결과를 다르게 만든 것이다. 같은 금덩어리를 보고 누군가는 자기 잇속으로 해석하고 다른 누군가는 돌같이 해석한 결과다. 고로 긍정과 부정의 태도가 아니라 현상에 대한 해석 능력이 가볍거나 무거운 삶을 만든다.

한 일생이 마주하는 수많은 순간을 헤아리기란 어렵다. 그리고 순간에 대한 대처법을 이야기하기란 더욱더 쉽지 않다. 다만, 인간이 가진 감성을 제대로 헤아린다면 더 나은 삶이 된다고 생각해본다. 그러므로 그대의 삶을 제대로 해석

하길 바란다. 포기하고 싶은 그 수많은 순간을 깨고 온 바로 그대가 아닌가. 내일은 오늘보다 더, 그리고 오늘은 어제보다 더 나아진다는 마음으로 가자. 많이 가져서 행복한 게 아니라 그런 마음을 가진 자가 행복한 것이다.

비우다

비웠을 때,

비로소 완전해지는 것들이 있어요.

아침에는 박약과 강함이 공존한다. 모두 의지에서 비롯된 것이다. 아기자기한 맛이 있는 구경거리도 있다. 머리에 피도 마르지 않은 것들의 반항을 볼 수 있다. 반항 후 아차하고 침 넘어가는 소리도 어렴풋이 들을 수 있다. 다 큰 어른이 단 5분으로 자기의 게으름을 덮겠다고 자부하는 것도 볼 수 있다. 그것이 재앙의 시작이란 걸 다 알면서도 자기를 속인다. 불길처럼 맹렬한 아침의 전투가 끝나고 나면, 언제 그랬냐는 듯이 각자 제 갈 길을 찾아간다.

휘파람 소리로 하루의 두려움을 몰아내고 주차장에 갔다. 두려움은 불쾌함이 되어 되돌아왔다. 비어 있어야 할 곳이 또 채워져 있다. 채운 그이만 모른다. 이 벌집 같은 아파

트에서 모두 자기를 쏘아보고 있다는 사실을 말이다. 하얀색 페인트가 칠해진 약자를 위한 주차 공간에서 그의 차는 내 휘파람을 집어삼켰다. 그 숭고한 정신이 깃든 사람 냄새 나는 곳을 매일같이 더럽히고 있다. 아침에 대충 끝낸 전투에 대해 다시 욕망이 솟는다.

무언가를 채우기에 급급한 나머지 비워야 할 곳까지 모두 차지하는 세상이다. 어쩌면 비우는 일을 배우지 못한 시대의 자화상인지도 모르겠다. 사회적 약자를 위한 자리에 사지 멀쩡한 사람이 발을 디뎠다는 소식이 심심찮게 들린다. 알면서도 앉았다는 설명에 분노를 뿜는다. 대체 정의라는 것은 어디에서부터 시작되어야 할까.

나는 이미 전사戰士로 변해 있었다. 아침에 치른 전투의 불씨가 남아 불은 쉽게 붙었다. 예술가 정신으로 연신 사진을 찍어댔다. 왼쪽에서 한 번, 오른쪽에서 한 번, 정면과 후면. 내가 쏜 카메라 탄환으로 그이가 장렬하게 산화할 것이란 기대가 부풀었다. 관리사무소에 무수정 원본을 전송했다. 무수정은 나의 신고가 떳떳하다는 일종의 상징이다. 벼르고 벼르던 일을 해냈더니 머리가 가벼워졌다.

임무를 완수하고 카메라 기능을 끄려는데 나를 비춘 액정과 마주쳤다. 때마침 나에게도 반성의 기회를 주는 듯했다. '너나 잘해'라는 일종의 메시지다. 그러고 보니 찔리는 구석이 있다. 남들은 모르는 은밀한 문제다. 떳떳함은 어느새 반성으로 변모해 있었다. 삶을 재정비하며 불필요하게 차지하는 것이 많다는 걸 알게 되었다. 그걸 받아들이기로 했다. 이제는 비울 차례다. 비웠을 때, 비로소 완전해지는 것들이 있다.

다음 날, 그이는 다른 곳에 주차했다.
민원의 승리였고 정의는 살아있었다.

되다

무언가 된다는 것은
그리 중요한 게 아닐 수도 있어요.

죽음, 생각만 해도 아찔하다. 그간 죽을 둥 살 둥 모아온 적금 통장이 눈앞에 아른거린다. 미루고 미루다 못해 본 게 많아서 분하다. 사랑하는 아내와 새끼들은 어떻게 하지. 죽음이라는 단어를 머리에 살짝 끼워 넣기만 했는데도 절로 초연해진다. 그러면서 배부르고 등 따시면 버릇처럼 목에 힘주며 사는 나를 본다. 사람은 이렇게 이중적이다. 많은 사람이 죽음을 아주 멀리 있는 것으로 생각한다. 죽음이 오지 않을 것이라는 거만함이 그런 생각을 낳았다. 그러나 아쉽게도 우리는 죽는다. 한 사람도 빠짐없이 생과 사는 붙어있고 운이 좋아 연명할 뿐이다.

삶은 태어나는 순간부터 사死에 더 가까워지는 여정이

다. 반대로 생生과는 멀어진다. 그 과정에서 사람은 스스로가 존재한다는 확실한 느낌을 얻기 위해 새 이름을 붙이는 일에 관심을 갖는다. 직업에 딸린 이름을 갖다 쓰는 것이다. 여기에 남들이 선망하는 소속까지 더해주면 그야말로 금상첨화다. 굳이 나를 설명하지 않고도 훌륭하고 좋은 사람이 되기 때문이다. 이 말은 잘 알지도 못하면서 누군가는 부족한 사람이 될 수도 있다는 사실을 포함한다.

연일 쏟아지는 뉴스는 상당히 치명적이다. 계속 보고 있으면 정신적이 피폐해진다. 직업에 붙은 이름으로 멋지게 꾸며져 훌륭한 사람이라고 판단한 이들이 도마 위에 오른다. 아이돌이라 불리는 우상들이 와르르 무너진다. 굳게 믿었던 권력자들의 민낯을 보게 된다. 보이지 않는 곳에서 아이들을 학대하는 교사가 끊이지 않는다. 모두 무엇이 되는 일에만 몰두했기 때문이다. 이제 아홉 살 먹은 딸아이와 다섯 살 먹은 아들이 뉴스에서 들리는 아동학대나 강간, 조작 등을 물을 때면 등골에서 땀이 줄줄 흐른다. 나에게는 이것을 아이의 눈높이에 맞춰 설명할 요량이 없다. 설명하기 싫다는 게 더 가까운 듯하다. 우리 아이들이 나쁜 일로 하여금

집게

메인에 서지 않기를 바란다. 그래서 무엇이 되고 싶냐는 질문보다는 어떻게 살고 싶냐고 재차 묻는다. 그리고 내 가슴속에 있는 일말의 도덕심과 미덕, 정의 같은 것들을 전달한다. 영화로운 죽음을 맞이하라는 기도와 함께.

죽음을 향해 가는 여정에서 마지막을 가장 멋지게 장식하는 일은 무엇일까. 나는 그 답이 어떻게 살 것이냐는 스스로의 답에 있다고 생각한다. 무엇보다도 나의 중심을 더 확고하게 세우리라 생각한다. 무엇이 된다는 것은 거기에 붙는 권력과 권위와 권한에 심취하게 만든다. 많은 사람이 그것으로 인해 고꾸라진다. 불필요한 사족을 달아 불필요한 일을 하기 때문이다.

되고 싶은 일로 머리가 복잡할 때 질문을 바꿔보면 생각보다 선택지가 넓어진다. 된다는 건 그리 중요한 게 아니다. 어떻게 살 것인가는 당신이 무엇이 되든지 쓰러지지 않게 한다. 당신을 죽이지 않고 지켜주는 방패다. 그리고 삶의 마지막을 의미 있게 만든다. 언젠간 죽음을 맞이할 당신이 좋은 일로 영원히 기억되길 바란다. 그것은 뭔가가 되는 일보다 어떻게 살 것인지에 대한 물음에서 시작된다.

읽다

읽을 줄만 알았지,

익을 줄 몰랐네요.

8월 15일 광복절 아침, 나는 우리 삼남매를 앉혀두고 역사 이야기를 하고 있었다. 혹시나 허술한 구석을 보일까 봐 전날 늦게까지 완벽하게 공부해 두었다. 교육 효과는 아주 좋았다. 내가 이토록 역사교육에 철두철미한 이유는 아이들이 바람직한 역사관을 가졌으면 하는 바람 때문만은 아니다. 그것은 두 번째 목적이다. 첫 번째는 부끄러움 때문이다. 딸아이가 막 학교에 들어갔을 때, 대뜸 "아빠, 개천절이 뭐예요?" 이러는 것이 아닌가. 나는 알 것 같지만 알 수 없는 말로 딸에게 대답했다. "응, 개천절은 하늘이 열린 날이야." 10월의 한산함은 내 얼굴을 그대로 강타했다.

'개천절 질문 사건' 이후 나는 국경일이나 기념일이 오면 아침마다 아이들을 앉혀놓고 교육을 한다. 아이들 앞에서 다시는 숨고 싶은 일을 만들고 싶지 않아서다. 그래서 꿩먹고 알 먹는 일석이조의 효과는 얻는다. 광복절도 그런 날 중에 하루였다. 나는 교육을 마치고 아이들과 태극기를 곱게 편 뒤 국기봉에 달았다. 태극기가 훼손되면 절대 안 된다고 일러둔 터라 아이들은 늘 신주 모시듯 한다. 그런 귀엽고 의젓한 모습을 보며 태극기를 게양할 때의 맛이란 그야말로 꿀맛이다. 아이들도 스스로 애국을 했다는 만족감을 느끼며 활짝 웃었다.

그러나 기쁨도 잠시 나는 씁쓸함을 감출 수 없었다. 오후에 놀이터에서 오붓한 시간을 보내고 들어오는데 갑자기 둘째가 손가락으로 가리키며 이러는 것이 아닌가. "아빠, 왜 다른 집들은 태극기가 없어요?" 다섯 살 먹은 아이 눈에는 분명 그게 이상했다. 아닌 게 아니라 태극기를 게양한 집은 손가락으로 셀 수 있을 정도였다. 행여나 잊을까 관리사무소에서는 이른 아침부터 방송도 했는데 참 안타까웠다. 나는 태극기가 다칠까 봐 집에 일찍 들어갔다고 말한 뒤 아이와 재빠르게 자리를 떴다.

나는 확실히 화가 나 있었다. 일상에서 국기 게양이 아무리 중요도가 떨어지는 일이라지만, 아닌 것은 아니라고 말하고 싶었다. 그것은 선열에 대한 예의가 아니다. 물론 선열이 밥 먹여 주냐고 반문한다면 나는 대답할 수 없다. 그러나이 땅을 위해 스러져간 넋을 위로할 방법은 오직 기억하는 것뿐이다. 뭔가를 배웠다면 그것에 대해 깊게 생각해야 한다. 그래야 진정한 의미에서 뜨거움을 느낄 수 있다. 그저 읽고 듣는 일에서 끝난다면 의미 있는 삶을 기대하기 어렵다.

어릴 때부터 수없이 읽어 왔는데도 익을 줄 모르는 시대 앞에서 나는 마음이 무겁다. 우울한 기분을 지울 수가 없다. 오늘은 태극기를 잊는 것으로 끝났지만 다음에는 우리가 잊힐 차례일지도 모르기 때문이다. 아이들에게 희망을 주는 우리였으면 좋겠다. 내가 할 수 있는 소소한 일부터 실행에 옮기자. 삶의 방향을 조금 수정하는 것이다. 그리고 그 수호의 성화를 다음 세대에 옮기자. 뿌리가 약하면 더디고 뿌리가 없으면 마른다. 그러나 뿌리를 모르면 살아도 산 것이 아니다. 우리의 뿌리를 대지에 내려서 영롱하게 익자.

애국투사가 되자는 게 아니다.

방향을 조금만 틀어 그 헌신을 바라보자는 것이다.

받다

■

살아보니 거저 얻어진 게
너무 많은 삶입니다.

▌

문득 되짚어본다. 나에게도 머리에 달린 벼슬로 으스대던 날들이 있었다. 머리 위로 무언가 솟아나는 일은 그랬다. 도저히 근질거려서 참을 수 없는 일이라 거친 담벼락에 비벼대야 했다. 그렇지 않으면 진정할 수가 없었다. 마치 사춘기의 감정이 넘쳐나 그것이 얼굴에 꽃으로 나올 때의 근질거림 같은 것이었다. 함부로 짜내면 안 되는 줄 알면서도 굳이 손대어 손독을 만들고 마는 일이었다. 그 보일랑 말랑 하는 좁쌀 같은 벼슬로 나는 누군가를 비벼가며 잇따라 허세를 부렸다. 그렇게 하면 성공의 반열에 오를 수 있을 줄 알았으나 매번 닿지 못했다.

그간 쌓아올린 것들을 벼슬에 갖다 붙이자 오히려 삶이

집게

뻣뻣해졌다. 머리를 제대로 가눌 수 없었다. 가눌 수 없으니 바라는 방향과는 다른 곳을 자꾸 보게 됐다. 목이 자꾸 기울어졌다. 지탱해줄 수 있는 지지대를 찾아 얼른 감싸기 시작했다. 그랬더니 목소리가 커졌다. 목의 소리가 커지는 일은 서로의 마음이 멀어져 크게 부르게 된다는 우화가 떠올랐다. 역시 사람들이 떠나기 시작했다. 그때 나의 목은 완전히 꺾이게 되었다.

꺾인 목으로 세상을 비스듬히 바라보았다. 지금의 이 자유로움과 고요함은 어디에서 왔을까. 눈앞에 지나온 시간과 앞으로의 시간이 모두 존재한다. 사는 일, 혼자 해낸 것이라고 자부하던 지나온 시간이 홱 스쳐간다. 사는 일, 혼자 해낸 것은 없다고 앞으로의 시간이 일러준다. 그리고 나의 삶을 함께 빚어준 사람들에 대해 감사를 쓴다. 무엇을 얻었는지 천천히 곱씹으니 마음에 담기는 게 있다. 스스로 얻은 것보다는 원래 있었거나 누군가에 의해 얻어진 게 많다는 것이었다. 나는 그것을 몰라 주변을 챙기지 못했다. 오로지 나만 치켜세운 탓에 끝내 대가를 치러야 했다.

누군가의 희생, 누군가의 죽음, 누군가의 헌신처럼 삶에는 그게 누군지도 모르는 누군가의 피와 땀으로 거저 얻어진 게 많다. 이것을 알지 못하면 또다시 목이 꺾이는 날이 오리라. 그때는 수치 속에 평생을 파묻히면서 반드시 죽어야 한다. 또 벼슬 돋는 일에 마음을 돋우면 나를 지우는 날이 될 것이다. 나를 존재하게 하는 주변을 돌아보기 위해 꺾인 목을 다시 편다. 그리고 나도 이제 그 누군가가 되어보고자 한다. 나는 간다. 대가나 조건 없이 얻은 넘치는 복을 전하러.

4
·
메

모양을 잡다

모양새는

사람을 담아야 한다.

그대를 향기 나게 하는 것들

    메는 말씬해진 쇠를 숨도 고르지 않고 내려친다. 인정머리 없다는 수군거림에도 개의치 않는다. 까딱하면 쇠가 처음부터 다시 달궈져야 하는 변이 일어나기 때문이다. 메는 그 고통을 누구보다 잘 알기에 주변의 훈수를 거둘 요량이 없다. 소임을 다한 메가 흙바닥으로 몸을 내던진다. 흠씬 얻어맞고 몸을 일으킨 쇠가 어찌 다 알 수 있으랴. 그것이 자신의 몸에 메의 향을 남기는 일이었음을.

으스대다

갑이 사람을

값으로 보면,

질을 하게 되더라고요.

감성대장간

상하다

상처는

상하지 않더라고요.

마음의 상처는 지독하리만큼 오래 남는다. 마치 생선이 냉동고를 비집고 들어가 생명을 연장하는 것처럼, 상처도 마음속 가장 차가운 곳에서 냉동되어 영원불멸을 기약한다. 그뿐만이 아니다. 기억에서 꺼내면 꺼낼 때마다 얼마나 신선한지 모른다. 시간이 지나면 잊힐 법도 한데 오히려 더욱 선명해진다. 오갈 때 없이 마음을 후비고 다니는 상처를 낚아챘다. 날 때부터 방부제를 얼마나 먹었는지 늙지도 않는다. 상처가 잡힌 먹살을 풀어달라며 내게 거래를 요청했다. 천천히 내려놓자 은밀하게 귓속말로 말했다.

"난 원래 유통기한이 없어."

나에게도 그런 상처가 있다. 상처를 준 주체는 이미 눈앞에 사라지고 없었다. 그런데도 상처는 많은 시간 내 뒤를 밟았다. 어찌나 졸졸 쫓아다니든지 박멸하기 위해 갖은 노력을 다했다. 전문적인 상담도 받아보고 상처를 바라보는 관점을 바꾸기도 했다. 상처를 아무 일도 아니라는 듯이 양지로 드러내봤으나 그럴 때마다 변화구를 던지는 상처에게 번번이 당했다.

누군가는 상처를 스스로 이겨내야 한다고 말했지만 이는 상처받은 자에게 지우는 또 다른 형벌이다. 이미 새겨진 상흔을 무슨 수로 지울 수 있겠는가. 고통 가운데 스스로의 상처를 매만지는 일은 또 다른 아픔을 심는 것이다. 오히려 상처의 생명력을 더 불어넣는 일이다. 그래서 나는 말과 글을 사용하되 조금씩 심혈을 기울이기로 했다. 나로 인해 상처받을 누군가를 최소화하기 위한 나름의 의지였다.

무엇보다도 상처를 그나마 아물게 하는 일은 진정성 있는 사과라는 생각이 들었다. 진정성 있는 사과란 자신이 준 상처를 상처가 아니라고 고집 피우지 않는 것이다. 나의 입장이 아니라 온전히 상대방의 입장에서 상처를 바라보는 일이다. 상처, 그 자체를 이겨낸다면 좋지만 흉이 지지 않도록 잘 보살피는 일이 더 중요하지 않을까. 덧나면 또 다른 아픔을 키워내기 때문이다.

이미 준 상처를 되돌리기는 어렵다. 그러나 상처를 준 적이 있다면 마음을 다해 사과해야 한다. 상처에 유통기한을 만드는 유일한 방법이다.

빼다

가까이 오라고
부르시기 전에

갖고 계신 가시부터 좀
빼주셨으면,

감성 대장간

지르다

반드시 비명을 질러야만
고통스러운 것은 아니에요.

그대의 입과 손이
누군가의 비명마저
삼킬 수 있음을

늘 경계하세요.

매

희망하다

희망하세요.
누군가의 희망이 되는 것을.

말만 청산유수였다. 누군가의 희망이 되는 일에 상당히 인색한 나를 발견하고서는 흠칫 놀랐다. 말은 신록 사이로 투명한 강물을 흐르게 하는 일보다 쉬운 일인지라 그렇다. 그래서 뱉고 본다. 그러다 그 사람을 진정으로 위하지 않았다는 인간성에 무너진다. 길고 긴 반성문을 적는 마음으로 다짐했다. 뭐 대단한 것 한 줄 없는 인생이지만, 누군가의 희망이 되어보자고, 희망이 되는 것을 희망하자고. '희망을 가져'보다는 '희망이 될게'라고 말하는 나였으면 좋겠다.

당신도 그랬으면 좋겠다.

빛나다

달팽이에게
'빨리'를 말하지 마세요.

그는 느릴 때,
빛나는 존재입니다.

뛰다

사랑은 그냥
콩닥콩닥하는 거예요.

학창 시절, 미술 시간이 상당히 괴로웠다. 사람을 그리는 일에 부담감이 있었기 때문이다. 결과물을 제출해야 하는 미술 수업의 특성상 나의 작품은 항상 놀림거리가 되었다. 지금도 동그라미 한 개와 직선 다섯 줄로 사람 형상을 그리니 대략 짐작이 갈 거다. 어쩌다 가족을 그리기라도 하는 날이 오면 심장이 덜컥 내려앉았다. 어머니와 아버지께 자식으로서 면목이 없었다. 조금 제대로 표현하고 싶은데 어김없이 앙상한 모습이었다. 그리기에 대한 콤플렉스는 나를 그림자처럼 따라다녔다.

대학 진학 후, 그림에서 자유로워졌다는 것은 하나의 큰 복이었다. 그 누구도 나에게 그림을 요구하지도 않으니 당연히 결과물을 제출할 일이 없었다. 그래서 한동안 그린다는 것 자체를 잊고 살았다. 그러나 그것은 방학과 같은 잠깐의 휴식이었다. 나의 그리기는 육아와 함께 부활했다. 집안 곳곳에 쌓여가는 각종 색연필, 크레용, 물감을 보자 두려움이 엄습했다. 딸아이가 그리기 도구에 관심이라도 두는 날에는 나의 안락함이 무너지는 것이기에 경계를 허투루 할 수가 없었다. 하지만 기어코 그날이 오고야 말았다.

퇴근길에 기쁜 마음으로 연 현관문에서부터 딸의 그림이 나를 기다리고 있었다. 설마 했지만 거실도 아주 알록달록했다. 여태까지 들어본 적 없는 새로운 기법의 그림이 군데군데 있었다. 아이의 반김에 반감이 들었다. 드디어 올 게 온 것이었다. 아이는 빨간 색연필 한 자루로 스케치북을 평정하며 연신 하트를 그려냈다. 물론 내 마음은 하트를 담지 못했다. 그러나 아빠로서 아이의 예술관을 모른 척하는 것은 미덕이 아니었다. 그리기에 마음을 열고 받아들이기로 했다. 아이를 바라보는 부모라는 존재가 그렇듯이 나는 아이가 대상을 정확히 알고나 그리는 것인지 궁금했다. 내가 아이이게 우문을 던지자, 아이는 현답으로 받아쳤다.

"딸, 근데 하트가 뭔지 알아?"

"음… 하트는… 하트는…. 하트는 그냥 콩닥콩닥하는 거야!"

나는 그제야 어른이라며 목에 힘을 주면서 그간 사랑이란 보약을 얼마나 잘못 달이고 복용했는지 단번에 깨달았다. 사랑은 어떤 이유도 필요하지 않은 '그냥'이라는 말로도 충분한 콩닥콩닥 그 자체였다. 아이의 기막힌 답변에 말문이 막힌 나는 그간 사랑을 어떤 방식으로 실천해왔는지 돌아보았다. 상처받지 않기 위해 덜 주려고 한 것과 관심을 끌기 위해 지나치게 과장한 일들이 떠올랐다. 사랑이 가진 의미를 잘못 이해한 탓이었다.

부모님이나 애인, 친구나 자식을 떠올려 보라. 그리고 그들을 왜 사랑하는지 물어라. 딱히 마음에 드는 답이 없을 것이다. 나는 그게 정답이라고 말하고 싶다. 서로서로 비추어주기에 우린 마주할 수 있다. 이유가 있는 게 아니고 비치니 보는 것이다. 그러니 멋진 답변은 꿈에도 생각하지 않길 바란다. 사랑에 조건이나 이유를 다는 일은 위태로운 처사다.

삼성대장간

그게 사라지면 곧 사랑도 함께 사라지기 때문이다. 사랑하고 사랑받기 위해 너무 많은 이유를 대지는 말자. 심장이 콩닥콩닥하는 일, 그것을 마중물로 삼아 아끼고 또 아껴주자. 그것만이 사랑을 제대로 만끽하는 일이다.

놀리다

성적成績 수치심은
인제 멈추세요.

젓가락으로 김치를 휘젓듯 상대의 마음을 흐트러뜨리는 사람이 있다. 애먼 삶에 균열을 일으키는 못된 행동이다. 살아온 시간을 더듬어보면 나도 수치심을 느낀 적이 꽤 있었다. 그것은 내가 만든 양보다 누군가 만들어준 게 더 많았다. 남의 결핍을 자양분 삼아 자신과 비교하면서 허기를 채운 것이다. 그럴 때마다 나는 혼란스럽고 아팠다. 적어도 내가 배운 인간 세상의 계명에는 그런 항목이 없었다. 어린 마음에 세상을 증오했다. 불쑥 솟아나는 수치를 죽이려고 버릇처럼 막을 치고 살았다.

가슴에 흉이 있으니, 나와 인연을 맺는 사람들에게 수치심에서 자유로워질 담대膽大를 주고 싶었다. 나는 그게 숫자에서 온다는 걸 아주 잘 알고 있었다. 그래서 각종 평가나 시험에서 받은 숫자, 재력이나 승진에 그다지 관심을 주지 않았다. 대신 과정과 노력을 격려하고 응원했다. 끝없는 흔들림 속에서 중심을 잃지 않는 게 더 중요하다고 생각해서다.

감사하게도 이런 생각을 더 견고하게 다진 일이 있었다. 얼마 전부터 아이들이 동물원에 가자고 의견을 모았다. 그간 바쁘다는 핑계로 아비의 책무를 소홀히 한 순간들이 떠올라 의견을 수렴했다. 만사를 다 제쳐두고 오로지 아이들만 바라봤다. 동물원에서 뜨거운 생명과 교감하다 보니 어느새 우리는 함박웃음을 짓고 있었다. 즐거운 시간이 마지막을 향해 갈 때쯤이었다. 아주 흥미로운 일이 눈앞에 펼쳐졌다.

마지막 코스에 옹기종기 모인 돼지 네댓 마리의 인기로 통로에 발 디딜 틈이 없었다. 우리 아이들도 이에 질세라 감탄사를 연발하며 돼지 남매의 행복을 빌어주었다. 대미를 장식하기에 아주 좋은 그림이었다. 그런데 그때, 이제 막 들어온 어린아이가 돼지들을 가리키며 "엄마! 아기돼지 삼형제예요!"라고 외쳤다. 그리고 이어진 아이 엄마의 답변에 신

메

171

경이 곤두섰다. "저건 아기돼지 삼형제가 아니지! 더 많잖아. 아직 수도 셀 줄 모르니?" 엄마의 답변은 행복이 와자지껄한 동물원을 싸늘하게 만들었다.

사람과 사람 사이에 흐르는 말은 서로를 잇는다. 그러나 말에 담은 내용이 성적과 관련된 것이라면 오래가지 못한다. 성적이 성적으로 끝나지 않고 사람의 됨됨이로 둔갑하기 때문이다. 이내 소모적인 감정을 생산해 서로 상처받기 좋은 상황을 빚어낸다. 진정한 관계란 사람의 중심을 볼 때 완성된다. 사람을 제대로 보려면 이룬 것이 아니라 앞으로 이루고 싶은 게 무엇인지를 봐야 한다. 그런 의미에서 몇 등인지 묻지 말고, 사람을 묻는 당신과 나였으면 좋겠다. 성적은 살아가는 방편이지 관계를 맺는 극적 이유가 아님을 잘 알고 있지 않은가.

익다

━

익지 않았다고

대추가 아닌 건 아니잖아요.

▮

　평소에 잘 느낄 수 없던 것들이 시선을 끌었다. 나는 그것들을 놓아주지 않으려고 안간힘을 썼다. 변화의 기회가 왔다는 신호이기 때문이다. 사나운 태양을 지나 잔잔한 낙엽을 볼 때, 사람의 마음은 변화의 여지를 남긴다. 또 매서운 동장군이 물러가며 파릇한 새싹을 남길 때, 삶의 실마리를 보기도 한다. 이런 이유로 나는 여기 좀 봐달라고 아우성치는 것들을 무시하지 못한다. 그것들은 나를 통해 존재의 기쁨을 얻고, 나는 그것들을 통해 존재의 이유를 얻는다.

　출근길이었다. 잘 눈에 띄지 않던 푸른 대추가 눈에 한 움큼 잡혔다. 그 자리에 늘 있던 것인데, 내 시선을 끌지 못하다가 그제야 나와 눈이 마주친 것이다. 대추가 너무 탐스러운 나머지 몇 알 따서 주머니에 넣었다. 올록볼록 주머니의 배가 한껏 부풀어 올랐다. 간만의 수확에 기쁨을 얻어 대추로 무얼 할지 고민했다. 그러자 자연스럽게 빨간 대추가 머리에 들어와 손을 흔들어댔다.

그럼 그렇지. 푸른 대추는 자신을 헐값에 내어준 게 아니었다. 그럴싸한 존재의 이유를 빨리 내놓으라며 닦달했다. 나는 치르지 못한 대추값을 대려고 취조하기 시작했다. 두 의뢰인은 서로에 대한 분노로 가득했다. 유심히 보니 문제가 떡하니 보였다. 이유인즉슨 파랗든 빨갛든 둘 다 대추인데 왜 익었다는 표현을 쓰냐는 것이었다. 푸른 대추가 익었다고 하면 뭔가 성숙해 보이고, 익지 않으면 철없어 보인다며 자신의 주장을 펼쳤다. 빨간 대추는 너 같이 경험 없는 대추가 알 리가 있냐며 다그쳤다.

머리에 이런저런 생각이 가득 찼다. 나는 판관이 되어 이 문제를 결론짓고 둘의 관계를 회복시켜야 했다. 그래서 서로에게 이렇게 주문했다. 익는다는 표현은 높고 낮음의 의미가 아니라, 쓰임의 경계를 나타낸 용어일 뿐이다. 그러므로 색이 다르다고 하여 대추의 본질을 잃지 않는다. 늙은 대추의 길을 젊은 대추가 그대로 걸을 것으로 예상하는바, 같은 대추끼리 서로 할퀴지 않도록 하라. 대추들은 부둥켜안고 앞으로 서로를 위하며 살 것을 약속했다.

사람, 그 인생이 길다고 할 수 있는가. 나는 긴 것보다 짧다는 쪽이다. 그가 나보다 익지 않았다고 해서 사람이 아닌 것은 아니다. 연륜에 따라 쓰임이 다르고 경험의 강도가 다를 뿐, 다 같은 사람이다. 나보다 나이가 적다고, 경력이 없다고, 아는 게 없다고 상대의 가치를 함부로 떨어뜨리면 안 된다. 그것만큼 큰 자만이 없다. 나이가 들어 새로운 문물 앞에서 쩔쩔매는 모습을 떠올려보라. 요즘 나오는 가수가 누군지는 아는가. 각자의 위치에서 보이는 것을 봤다고 말할 뿐이다. 그러므로 먼저 상대의 가치를 찾고 알아봐 줘라. 그때 당신의 가치도 함께 귀해질 것이다.

주다

    ■

사물이 거울에 보이는 것보다
가까이 있음.

    ▮

    본가에 갔다.

    "엄마, 저희 왔어요." 어머니는 싱크대에서 바삐 움직이시다가 손주들과 우리 부부를 반갑게 맞아주셨다. 아이들은 할머니에게서 느껴지는 온기를 모든 감각으로 만끽하려고 애썼다. 어머니도 품 안에 가득한 손주 셋에게 깊이 감동하셨는지 얼굴에 웃음꽃을 피웠다. 그 모습이 너무 예뻐서 한편으로는 부러울 정도였다. 그동안 쌓아온 사랑의 증표를 교환하고 거실에 앉았다. 어머니는 하던 일을 마무리한다며 부엌으로 들어가셨다. 그때까지 나는 앞으로 엄습할 감정의 용솟음을 예측하지 못했다.

    한참을 기다려도 어머니는 오시지 않았다. 여느 때라면

어머니의 부엌에는 얼씬도 하지 않았을 텐데, 그날따라 발길이 자꾸 그곳으로 향했다. 어머니의 뒷모습과 오른쪽에 두었던 소쿠리가 가까워질수록 마음이 불편했다. 나는 그 모습이 나에게 상처를 줄 거라고 확신했다. 피하고 싶었지만 두 눈으로 확인하고 싶었다. 결국 소쿠리를 확인하고 내 감정은 어디로 튈지 모르는 불씨처럼 타기 시작했다.

부모님은 어렸을 때부터 시골 생활을 하신 분들인지라 주변에 자라는 약초나 풀에 대해 잘 아셨다. 간혹 그것을 채취해 드시곤 했는데 나는 그게 늘 못마땅했다. 출처가 불분명해 영 믿을 수 없었기 때문이다. 만에 하나 먹고 잘못되어 병원이라도 가게 되는 날에는 누구를 원망한단 말인가. 그러나 소쿠리에 들어있던 이름 모를 버섯들은 나를 무시하며 놀리는 듯했다. 결국 화를 쏟아냈다. 계속 괜찮다고 말씀하시는 어머니께 곧 실수를 범하고 말았다. 다신 오지 않겠다며 으름장을 놓았다. 속마음은 그게 아닌데 큰 상처를 남기고 말았다.

나는 가족들에게 모두 짐 싸서 나오라 소리치고 먼저 차에 올라탔다. 도무지 화가 가라앉지 않았다. 그저 걱정될 뿐이었다. 사랑하는 어머니와 아버지가 아픈 게 싫었다. 한참을 씩씩대다가 어쩔 줄 모르는 아내와 아이들을 태우고 곧장 집으로 향했다. 어머니는 슬픈 표정으로 배웅하고서는 자리에 서성이셨다.

아내는 차 안에서 어두운 내 감정을 움켜쥐고 창밖으로 던져버렸다. 어머니와 나의 입장을 정리해준 것이다. 서로를 분신分身처럼 여겨서 그런 거라고, 소중한 사이가 아니면 그럴 수도 없는 거라고 말이다. 마음이 한결 나아졌고, 부모님의 마음을 십분 이해할 수 있었다. 집에 도착해 아이들과 짐을 먼저 내려놓고 지하주차장으로 향했다. 후진하려는데 사이드미러에 적힌 문구가 심장을 휘갈겼다. '사물이 거울에 보이는 것보다 가까이 있음.' 뒤이어 한마디를 덧붙였다.

"당신이 누군가에게 준 상처도 그렇다."

가슴이 묵직해졌다. 괜한 일로 온 가족에게 상처를 남겨 미안했다. 내가 좋은 추억의 기회를 나쁜 기억으로 만들었다는 사실을 인정하고 받아들였다. 어머니와 아버지의 삶을 있는 그대로 보지 못한 나의 실수였다. 주차하고 올라오는데 밤공기가 스산했다. 여러 날이 지나 본가에 다시는 가지 않겠다는 말이 거짓임을 자백했다. 그러나 그날 일에 대해서는 어머니도 나도 꺼내지 않았다. 잊은 게 아니라 잊은 척했다. 내가 준 상처가 구렁이 담 넘듯 사라져 말하지는 못하지만, 하고 싶었던 말은 너무나도 짧았다.

어쩌면 내가 누군가에게 준 상처는 내 언저리를 맴돌고 있을지도 모른다. 어루만져주길 기다리고 또 기다리면서 말이다. 그러므로 더 멀리 달아나기 전에 달래야 한다. 그 기회마저 사라져 평생 무겁게 살지 않으려면 꼭 그래야만 한다. 그동안 말하고 싶었지만 나오지 않던 몇 글자를 이 종이 위에 써본다.

"엄마, 미안해."

맺다

결혼은 뜨거운 감정이 아니라
의지와 복종으로 지켜나가는 거예요.

어린 나이에 가정을 이루면서 시행착오를 많이 겪었다.
인간적으로 성숙하지 못해 생기는 크고 작은 문제가 결혼생
활을 어렵게 했다. 그러나 무엇보다 힘들었던 것은 사람들
의 끊임없는 탄식이었다. 다들 입으로는 괜찮다고 격려하면
서도 눈빛에서 흘러나오는 소리를 감추지 못했다. 아마 예
쁜 딸아이의 탄생으로 시작된 나의 결혼이 마음에 들지 않
았던 모양이다. 나는 애써 덤덤한 척하며 세상의 저주를 피
해 가정을 지키려고 몸을 웅크렸다. 보란 듯이 잘사는 일이
탄식을 잦아들게 하는 유일한 방법이었다.

나의 이런 마음을 주례자인 은사님께서는 이미 알고 계
셨던 것 같다. 시 한 편으로 가정을 지키는 묘책을 남겨주

섰는데 그게 결혼생활에 큰 힘이 되었다. 은사님께서는 가슴에 넣어둔 꼬깃꼬깃한 쪽지를 펴시더니 한용운의 '복종'을 읊어주셨다.

남들은 자유를 사랑한다지마는, 나는 복종을 좋아하여요.
자유를 모르는 것은 아니지만, 당신에게는 복종만 하고 싶어요.
복종하고 싶은데 복종하는 것은 아름다운 자유보다도 달콤합니다. 그것이 나의 행복입니다.

그러나, 당신이 나더러 다른 사람을 복종하라면 그것만을 복종할 수가 없습니다.
다른 사람을 복종하려면 당신에게 복종할 수 없는 까닭입니다.

그렇게 잔잔히 시를 읊어주시고는 서로 복종만하라고 말씀하셨다. 그럼 백년은 문제없다는 축복과 함께.

주례사는 단 5분 만에 끝났다. 당시에는 온전히 품에 안게 된 아내만 생각하느라 그 의미를 제대로 음미하지 못했다. 10년이라는 시간이 흐르면서 결혼생활을 돌아볼 기회가 생겼다. 그야말로 결혼은 하나의 종합예술이라는 생각이 들었다. 희로애락과 함께 비극과 희극을 넘나드는 최고의 구성이다. 어떤 때는 서로 으르렁대다가도 또 언제 그랬냐는 듯이 서로에게 불타고 있다. 왜 사랑은 그 뜨거움을 지속하지 못하고 뜨겁고 식기를 반복하는 것인지 의아했다. 대체 만인 앞에 공표한 우리의 사랑은 어디로 갔다가 어떻게 되돌아오는 것일까. 그리고 그때, 은사님의 주례사가 떠올랐다.

영원한 사랑을 이루는 일은 감정이 아닌 의지와 복종의 문제다. 결혼은 분명 사랑이라는 감정으로 시작하는 게 맞다. 사랑은 마치 자석과 같아서 본능대로 흐른다. 하지만 사랑을 지키는 일은 철저한 복종으로 이루어진다. 복종은 자발적인 따름이다. 따르지 않고서는 못 배긴다. 굴종은 힘에 의해 따르는 것이다. 결혼생활은 서로 힘겨루기를 하여 누군가를 굴복시키는 게임이 아니다. 완벽하지 못한 인간이

감성대장간

하나가 되어 온전해져 가는 과정이다. 그래서 삶을 동행하며 느끼는 배우자의 부족함은 내가 채워야 할 부분이다. 그것을 지적하거나 채우기를 요구하는 일은 만인 앞에 외쳤던 혼인서약에 대한 위증이다.

부부는 철저하게 복종해야 한다. 서로에 대한 사랑과 믿음을 우선하지 않으면, 자꾸 욕심 가득한 마음이 튀어나오기 마련이다. 육아와 함께 시작되어 없는 거나 다름 없는 신혼생활이었다. 부부가 처음인데 부모가 되는 일도 처음이라 서툰 일이 많았다. 하지만 서로에게 철저히 복종해야 한다는 마음을 늘 기억했다. 밖에서 들려오는 저주에 무방비 상태가 될 수는 없었기 때문이다.

평생을 함께하는 결혼생활이 내내 불타는 사랑이면 참 좋겠다. 그러나 그렇지 않다는 것을 우리는 잘 알고 있다. 그렇다고 방법이 아예 없는 것은 아니다. 시 '복종'에서 가르쳐주는 것처럼 하면 된다. 자유를 모르는 것은 아니지만 배우자에게 복종하는 기쁨을 만끽하라. 복종하고 싶어서 복종하는 달콤함에 빠져라. 다른 사람에게 복종하라는 명령을 거부하는 결단을 세워라. 이 세 가지를 늘 마음에 새긴다면 신뢰와 온기가 있는 사랑을 하게 될 것이다.

밟다

함께 걸어주지는 못할망정
마음에 발자국 내지는 말아요.

분명 다른 것이었으나 나는 인정받지 못했다. 틀렸다는 말만 들을 뿐이었다. 나도 다 알고 있었다. 그들이 나에게 비수를 꽂을 수밖에 없는 이유를 말이다. 나의 확신과 당돌함, 그것을 꺾고 싶어 했다. 몇 해를 넘기고서 내 삶도 틀리지 않았다는 것을 그들에게 증명해 보였다. 그들과 나의 관계에서 다음은 없었다. 다름을 인정하지 않았기 때문이다.

인생을 살다 보면, 자기가 살아온 삶과 다르다고 누군가를 손가락질하는 사람들이 있다. 그런 사람들을 보면 뒤섞인 감정의 반죽이 밖으로 나올 것만 같다. 아닌 게 아니라 대부분의 삶은 이 손가락으로 무너지기 일쑤다. 사람은 본디 연약하고 물렁물렁한 존재다. 그래서 푹 찌르면 그대로 상흔이 남는다. 계속 찔리면 그다음 창칼을 부정적인 것들로 튕겨낸다. 어쩌면 습관처럼 손가락질하는 사람은 그것을 많이 받아본 사람이다.

본인의 마음속에 있는 것을 누군가에게 유일한 정답으로 제시하는 것은 안 될 일이다. 그런데도 사람은 자신의 프레임을 타인에게 동의도 없이 씌운다. 바로 편리함 때문이다. 내 맘대로 움직이는 꼭두각시가 보고 싶은 욕망이 만든 결과다. 그러나 이는 세상 어디에서도 인정받지 못하는 서러움을 자기보다 약한 존재에게 분풀이하는 것이다. 그렇게라도 위대해지고 싶은 일종의 나약함이다.

사람에겐 저마다의 항로가 있다. 그래서 나름의 부표를 보고 살아간다. 그것을 지우면 그 사람은 덩그러니 서게 된다. 눈앞에서 쩔쩔매며 고개를 끄덕이고 있어도 그것을 당신의 말에 동의한 거로 봐서는 안 된다. 또 한 영혼을 구했다며 승리의 축배를 드는 어리석은 짓은 하지 마라. 아무리 주옥같아도 사람의 앞날을 짓밟는 언행은 인간이기를 포기하는 일이다. 그것은 소금이 아니라 소음이다.

말도 안 되는 일이라며 마음을 짓밟던 사람들은 이제 내 눈에 보이지 않는다. 양심은 있어 다들 숨었다. 그러나 그 길에 동행하고 응원해준 사람들은 남았다. 함께 걸어주지는 못할망정 누군가의 마음에 발자국을 내지는 말자. 편협한 생각의 감옥에서 빠져나와 같이 살자. 더 이상 마음을 찢어 봉합도 되지 않는 상태로 방치하는 일은 그만두자.

착각하다

권한을 권력으로
착각하는 순간

리더는
보스가 되고 말아요.

흐르다

나의 절망이 그대에게 흘러

희망이 되기를.

　자그마한 독서 모임을 하며 마음을 살찌우고 있다. 나와 인연을 맺은 사람들이 깡마른 내 마음에 부딪혀 아파할까 부단히 애정을 쏟는다. 모르긴 몰라도 읽고자 하는 본능이 삶을 성장시킬 것이라는 믿음이 있어서다. 이름도 얼마나 재치 있는지 '다독다독 독서살롱'이다. 다독多讀 다독(위로), 많이 읽고 위로받자는 의미가 담겨있다. 이제 갓 서른이 넘은 청년들의 모임이지만 그 깊이는 헤아리기 어렵다. 마치 맛이 미친 김치가 제대로 익었을 때의 느낌이랄까. 수없이 넘어져 처지기도 모자랄 판에 각자의 인생을 묵직하게 나아가는 모습이 그렇게 느껴진다. 이런 이유로 매주 열리는 독서 모임에 열과 성을 다한다. 나의 삶을 가장 기특하게 여기게 하는 순간 중에 하나다.

시간이 흐를수록 구성원들의 의식이 성숙해짐을 느낀다. 혼자 생각하던 것을 여럿이 나누고 거기에서 쏟아져 나오는 깨달음이 배가 되니 당연한 일이다. 처음에는 서먹하고 낯설어 서로 숨기기 바빴던 모임이었는데 지금은 말하는 데 아주 도가 텄다. 첫 모임 때, 담화 주제에 대해 제대로 말하지도 못하고 헤어졌던 것을 감안하면 엄청난 발전이다. 무엇보다 자기의 상처와 치부를 드러내는 일에 용감해졌다. 그러더니 이제는 서로 앞다투어 자신의 아픔을 얘기하고 남모를 죄까지 고백하는 일이 생겼다. 나는 이 상황이 너무나 특별하게 느껴졌다. 보통은 그런 것을 숨기는 게 사람의 마음이니까.

사람과 사람이 만나다 보면 종종 도저히 대화할 수 없는 상대를 마주할 때가 있다. 자신의 치적과 영광을 입에 침이 마르도록 자랑하기 때문이다. 적당한 선에서 마무리하면 유종의 미라도 거둘 수 있을 텐데 그러질 못한다. 자랑이라는 게 그렇지 않은가. 내리막길뿐이라 그 끝없는 길에 들어서면 빠져나오기가 몹시 어렵다. 거기에 부러워하는 타

감성대장간

인의 시선까지 추가되면 이야기는 무한 반복이 된다. 그러나 진물이 흐르는 나의 아픔을 이야기하는 일은 너무나 다르다. 그것에는 사람과 사람을 연결하는 통로가 있어 어디든 흐르게 만든다. 고백, 공감, 반성, 축복의 네 박자가 열리는 순간이다.

그렇다고 서로가 가진 아픔이 아무렇지 않기에 서슴없는 게 아니다. 나의 절망이 누군가에게는 희망이 되리라고 소망하기에 가능한 일이다. 나는 그래서 아픔과 부족한 모습을 내놓는 게 좋다. 끊임없이 말을 할까 말까 고민하지만 결국 누군가의 치유와 또 다른 고백을 끌어내기 때문이다. 무엇보다도 그렇게 아물지 않던 상처가 독서 모임을 통해 치유된다는 사실이 기쁘다. 암흑에서 빛으로 나와 사람이 되어가는 것이다.

삶의 장막에 켜켜이 자리 잡은 보잘것없는 이야기는 누군가에 흘러 또 다른 인생을 연다. 밀알 하나가 땅에 떨어져 많은 열매를 맺듯이 그 이야기도 생명을 낳는 것이다. 빛에서 빛으로 가기에 빛의 소중함을 아는 게 아니다. 어둠에서 빛으로 가기에 빛의 위대함을 아는 것이다. 사람은 그렇게 오늘도 익는다. 그러니 자신의 삶에서 뿜어지는 좋은 것에만 도취되지 말자. 내면 깊은 곳에 숨겨둔 나의 아픔이 누군가를 살릴 수 있다는 사실에 집중하자. 그렇게 보면 도무지 어느 것 하나도 버릴 게 없는 삶이다.

감성 대장간

견디다

그럼에도 불구不拘하고 자기 길을 가는 자에게
불구不具라고 삿대질하지 마세요.

뜨거운 불길에 휩싸여 때를 기다리는 쇳덩이를 바라본
다. 살아있지 않으니 고통은 없을 테지. 그런데 그렇다고 치
부하기에는 머리털이 쭈뼛 선다. 몸이 탄다면 어떤 느낌일
지도 상상된다. 아무래도 쇳덩이의 인내력은 따라갈 수 없
다고 결론을 짓는다. 결국 달아오를 대로 달아올라 대장장
이의 메질에 점점 본 모습을 찾아가니 참으로 경이롭다는
생각이 든다. 아무리 생명이 없다지만 쇳덩이가 그 자체로
살아있음을 느끼는 순간이다.

저마다 가진 소중한 꿈들을 이야기하고 싶다. 하루도 빼
지 않고 마음속에서 꿈틀거리는 그것이 얼마나 달궈졌는
지 묻는다. 부끄러움이 밀려온다. 그렇다고 쇳덩이처럼 직

접 불길에 뛰어들라는 말은 아니다. 첫덩이는 불이 필요하지만 우리의 꿈은 행동이 필요하다. 많이 걷고 뛰어야 온전히 달궈진다는 말이다. 꿈을 위해 움직이는 것은 삶의 본 모습을 찾아가는 과정이다. 그것을 통해 흙먼지를 뒤집어쓰고 상처가 난다고 하더라도.

그런데 문제가 있다. 온전히 달궈지는 사람들에게 손가락질하는 사람들이 더러 있다는 것이다. 세상물정을 모른다느니, 현실 감각이 없다느니, 불가능한 일이라느니. 여러 가지 이유를 대며 불구라고 놀려댄다. 얼마나 무례한 일인가. 너무 쉽게 생각하고 내뱉는다. 마치 드라마의 결말을 다 아는 것처럼. 이것은 자기 기준으로 사람들을 자르고 불구로 만들면서 스스로 생각의 불구임을 방증하는 일이다. 안타까운 일이 아닐 수 없다.

때때로 인간의 삶이란, 그 뜻이 밤하늘의 별처럼 높아서 바라만 봐도 눈부시게 느껴질 때가 있다. 누군가 별을 손에 넣기 위해 곡예하는 모습이 이따금 구경꾼들에게 가슴속 뜨거움을 선사하기도 한다. 인간이라는 세계가 가질 수 있는 최고의 선물인 희망이 전해지는 것이다. 그러나 이마저도 해박한 과학 지식이나 근거 없는 아집으로 인해 와르르 무너진다. 희망보다는 좀 더 확실한 현물을 찾는 것이다. 그러나 역사라 불리는 지난 시간 동안 죽음의 늪으로 실려나간 수없이 많은 영혼을 보았는데도 인간은 희망을 품고 산다. '별을 딸 수 없다'는 사실보다 '별을 따고야 말겠다'는 희망이 사람을 사람의 위치에 가져다 놓기 때문이리라. 그래서 사람은 희망 없이는 살 수 없다.

많은 사람이 자기가 하고 싶은 일이 무엇인지 모르겠다고 말한다. 나는 이 말을 '하고 싶은 게 있는데 말을 못 하겠다'는 의미로 받아들인다. 상대방의 영역에 너무 쉽게 침범하는 문화가 말을 못 하게 하는 것이다. 누군가 인생을 얘기하거든 가만히 들어라. 꿈에 대해 말하거든 그저 응원하라. 그게 우리가 할 수 있는 최고의 축복임을 잊지 말자. 당신도 나도 그렇게 달궈지며 여기까지 왔을 뿐이다. 희망이라는 실오라기를 쥐면서.

빚다

인생은 주인공이 없는
시트콤이에요.

그대가 없었다면
나도 없었음을

인생은
멋진 영화 한 편을 찍는 게 아니라

그대는 왼손이 되고
나는 오른손이 되어
세상을 빚는 일임을

이제야 인정합니다.

감성대장간

5 · 담금

강하게 만들다

시련이 없으면

깨지기 마련이다.

그대를 단단하게 하는 것들

쇠에 햇볕이 내리자 제법 기품 있는 자태가 드러난다. 나름의 모양새도 지니고 있다. 기나긴 인고의 결과다. 세상 돌아가는 이치도 깨우쳐 어떤 일이든 수명할 준비가 됐다. 그러나 끝날 때까지는 끝난 게 아니다. 다시 불에 달궈지고 물에 식히는 일에 수없이 몸을 맡겨야 한다. 담금에 저항하면 깨지고 수용하면 더 강하게 되기 때문이다.

담금

달리다

자기 페이스대로

달려요.

점심으로 먹은 메뉴가 당최 기억나지 않는다. 그렇지 않아도 바빠 죽겠는데 그게 뭐 중요하냐는 핀잔이 생각을 접게 만든다. 그러나 꼭 알아야만 직성이 풀릴 것처럼 더욱더 지나온 시간에 집착한다. 어둠 속에서 안경을 찾느라 허우적대는 손처럼 내 머릿속도 상당히 바삐 움직였다. 그것을 찾아야만 다음을 볼 수 있다는 믿음에 사로잡혔다. 엄지로 관자놀이 양쪽을 지압하며 몰두하다가 김밥 한 줄이라는 답을 확 낚아채 꽁꽁 묶어 놓았다.

어쩌다 어른이 되어 가끔은 자랑스러우면서도 불명예스러운 일이 잦다. 침상에서 하루를 마무리하려는데 점심에 무얼 먹었는지와 같은 생각이 끼어들면 더욱 심해진다. 세상이 너무 빠르게 흐른다. 나는 느려터졌는데 세상은 제 갈 길을 간다. 함께한 세월을 무색하게 만드는 세상의 도도함에 섭섭함을 느낀다. 일상에서 일어나는 수많은 찰나가 그립다. 아무리 좋은 것도 틈이 없으면 얼마나 지옥 같은가.

맹한 생각으로 잠을 쫓아낸 게 분해서 냉수 한잔 들이켜고 잠을 청하기로 했다. 아이들이 읽다가 거실에 놓아둔《토끼와 거북이》동화가 눈에 밟힌다. 느려터진 게 꼭 나와 같은 거북이인데 부럽기만 하다. 그 빠른 토끼를 앞지르고 지구인들의 존경을 한몸에 받았으니 말이다. 끝까지 포기하지 않는다면 나에게도 그럴 날이 올 것이라는 믿음을 가지고 침대에 눕는다. 누군지 알 수 없는 나의 라이벌도 토끼처럼 자만심으로 잠이나 한숨 푹 자달라는 질 나쁜 소망과 함께. 눈을 감으려는데 거북이가 콕하고 머리에 꿀밤을 주며 그게 아니라고 속삭인다.

빨라도 너무 빠른 세상이다. 습관처럼 들여다보는 유튜브 콘텐츠는 숨 쉴 틈조차 허락하지 않는다. 학생들은 쉬라고 준 시간에도 외국어를 암기하느라 욕본다. 직장인들은 점심을 후딱 먹고 사무실 의자에 앉아 야근의 피로를 잠재운다. 빨리 가려고 무단횡단을 하고 어서 오르려고 위법을 저지른다. 보기만 해도 턱밑까지 숨이 차오르며 덩달아 나까지 빨라진다. 따라 하지 않으면 죽을 것 같다는 불안 때문이다. 이대로 포기하지만 않으면 성공은 따놓은 당상일까.

아무래도 이건 아니다. 점심 메뉴도 악착같이 기억해내야 하는 삶에서 나는 무엇을 바라고 있는 것일까. 적어도 먹은 것을 이야깃거리로 쓸 수 있는 삶이면 좋겠다. 당최 능력이 없는 100m 달리기에 일생을 쏟고 싶지 않다. 그것은 토끼가 할 일이다. 42.195km를 달릴 수 있는 거북이처럼 살고 싶다. 묵묵하고 꾸준하게 달리고 싶다. 빠르지 않아도 내 페이스대로 완주하고 싶다. 그것은 나의 기질을 깨닫는 일이고, 내가 나를 아는 일이며, 내가 나를 소중히 여기는 일이다. 곧 나를 사랑하는 일이다.

거북이가 토끼와 경주하며 우리에게 주려고 한 교훈을 다시 생각해본다. 어쩌면 세간의 주목을 받은 이 경주의 교훈은 끝까지 포기하지 말라거나 자만하지 말라는 게 아닐지도 모른다. 내 생각에는 오히려 자기 페이스대로 달리라는 게 더 합당해 보인다. 자꾸 오버페이스하는 인간들에게 토끼와 거북이가 몸소 보여준 것이다. 거북이는 토끼를 꺾을 생각이 없었다. 토끼를 앞설 생각이었다면 시작도 못 했을 시합이다. 그래서 거북이 안중에는 토끼가 없다. 누군가의 페이스가 아니라 자기 페이스대로 완주했을 뿐이다. 토끼의 마음에는 느린 거북이가 가득했다. 그래서 그 좋은 능력을 갖추고도 졌다. 나는 이 오래된 이야기에 진리가 있고 내가 있다고 믿는다.

거북이가 맞는 말이라며 어깨를 토닥였다.

칠하다

예쁜 색만 잔뜩 칠한다고
예뻐지는 것은 아니에요.

예쁜 색이란 색은 죄다 모았다. 이것저것 칠하고 싶은 색이 많았기 때문이다. 그것이 내게 어울리는가는 별로 중요하지 않았다. 단지 어깨를 잔뜩 추켜세우고 싶었다. 그저 덜 익은 마음이 다른 색을 탐나게 했다. 빛바랜 도화지 위에 인정사정없이 색을 뿌려댔다. 공신 있는 색들이었기에 작품의 결과가 상당히 기대됐다. 그러나 기대는 곧 실망으로 바뀌었다.

'나'라는 고유한 색깔보다 세상에 예쁜 색깔이 또 있을까. 하늘은 파래서 세상을 다 껴안고도 남을 아량을 가지게 되었다. 들풀은 초록을 품어 생명의 시작을 알리는 자명이 되었다. 세상 모든 것은 이렇게 각자가 가진 고유함으로 산다. 좋아 보인다고 무작정 가져다가 칠할 게 아니다. 하늘이 초록이 되고, 들풀이 파랗게 되면 그 순간부터는 혼돈이다.

　다른 색을 탐하지 않기로 했다. 다른 색을 더하면 더할수록 무겁고 거추장스러울 뿐이다. 갈색은 갈색대로 연분홍은 연분홍대로 두기로 했다. 모았던 예쁜 색들을 죄다 흩트려 놓고 잘 가라고 배웅했다. 가지 않고 덩그러니 남은 색을 주워 삶을 다시 칠했다. 한결 보기 좋았다. 삶이란 그게 다다. 나의 고유한 색을 갖고 채색하는 일. 그뿐이다.

　나의 고유한 색깔로
　이제 다시, Go You.

잃다

길은 잃어도

지금 그 마음은
잃지 말아요.

감성 대장간

굳다

◢

비 온 뒤 땅 굳어지지만,
굳은 땅에 비가 내리지 않으면
갈라지게 되어 있어요.

▎

　마치 멈추지 않을 것처럼 그렇게 비가 내렸다. 모두의 걱
정에도 아랑곳하지 않고 세상의 모든 것을 덮치겠다며 위
협했다. 원래 빈 수레가 요란하다고, 뚝심 없는 비는 약해
지더니 이내 사라졌다. 마르지 않을 것 같던 시련으로 젖
은 땅이 시간과 함께 굳었다. '비 온 뒤 땅 굳어진다'라는 말
이 있다. 어떤 풍파를 겪은 후에 삶이 더 성숙해진다는 뜻
이다. 시련은 우리를 성장하게 하는 기폭제임을 깨닫게 하
는 귀한 말이다. 그러나 한 번 굳고 나면 비 맞기 싫은 것이
사람의 본심 아니겠는가. 그래서 이따금 내리는 비에 실망
하고 좌절한다.

평생을 살며 얼마나 많은 비를 맞을지 예상할 수는 없다. 그러나 그럴 때마다 마음이 꺾이게 놔두지 않기로 했다. 시련이란 아무것도 가진 게 없으면서 요란할 뿐이다. 이 깨달음이 나에게 위안을 된다. 다가올 시련을 마음껏 사랑하기로 했다. 어찌 보면 시련도 곧 나다. 삶에서 시련을 쏙 빼놓는다면 탕에 들어간 도가니처럼 물렁대다 쓰러질 것이다. 시련이 자주 쓰는 부위의 굳은살과 뼈 마디마디에 근육을 만들어냈기 때문이다. 아무리 거창하고 예쁘장한 삶이라도 시련이 없으면 갈라지게 된다는 돈오가 스미는 밤이다. 말이 떨어지기 무섭게 비가 다시 내린다.

그대여, 비에 젖어 스러져도
무릎 꿇지 않고 강단 있게 살기를.

기록하다

어느 것 하나 버릴 게 없는
소중한 삶입니다.

당신과 나는 이 글자를 사이에 두고 세상 어딘가에서 삶의 길을 모색 중이다. 서로 가진 모습과 삶을 견인하는 방식은 다르겠지만 잘 살고자 하는 그 마음만은 같으리라. 그래서 사람은 본래 같다. 마음이 한데 모이기 때문이다. 땅을 울리는 개미와 바다를 일으키는 멸치, 하늘을 가르는 파리도 사는 방식이 서로 다를 뿐이다. 인간이 그들을 미물이라고 치부하며 일순간에 목숨을 끊어놓지 않는다면, 각자의 방식으로 사명을 다해갈 것이다. 그렇게 세상의 모든 존재는 저마다의 방법으로 삶을 차곡히 기록한다.

흔히 인생을 쌓는 일에 결부한다. 멈추지 않는 시간의 흐름에 경험을 얹음으로써 삶은 더 나아진다. 나는 이 과정을

담금

글자 없는 기록이라고 말한다. 기름을 쓰는 자에게는 기름 냄새로, 궂은일을 하는 자에게는 굳은살로 삶이 기록된다. 글자는 없지만 분명히 존재하는 것들이다. 이것은 곧 이야기가 된다. 무용담이나 희극, 우화 등으로 재탄생해 다음에 오는 세상의 길잡이 역할을 한다. 그 어떤 이야기도 버리거나 함부로 할 것이 없다.

그간 지우고 싶은 기록이 많았다. 생각만 해도 머리가 지끈거리는 일도 있었고 다시 태어난다면 선택하지 않을 일도 있었다. 마치 잘 쌓은 탑 중간중간에 삐져나온 벽돌 같았다. 얼마나 보기 흉한지 그곳에 늘 천막을 치고 살았다. 나의 기록을 나마저 등지고 산 것이다. 어느 날 그 벽돌들을 언제까지 가리고 살 수는 없다고 생각했다. 그래서 천막을 걷어내 볕이 들게 했다. 제멋대로 삐져나온 벽돌을 뽑으려고 했으나 뽑는 순간 와르르 무너질 게 분명했다. 다시 보니 그것은 삶을 지탱하고 있던 또 다른 벽돌이었다. 제 나름대로 차곡차곡 쌓인 작품이었던 것이다.

살다 보면 삶에서 빼내고 싶은 기록이 있다. 대부분은 차라리 죽는 게 속 편하다는 생각과 함께 피어난다. 그러나 그것마저도 나의 삶이다. 누군가는 그것을 헐뜯으며 구조상의 문제를 논하겠지만 그런 덜떨어진 생각에 동의하지 않기로 했다. 다른 누군가는 이 삐져나온 벽돌을 손잡이 삼아 더 나은 인생의 지표로 삼을 것이기 때문이다. 그러므로 낙심하지 말자. 그대는 그대대로 나는 나대로 그저 그렇게 서로의 기록을 음미하자. 괜한 노력을 들여 소중한 기록을 지우지 말자. 그게 결국 잘사는 것이다.

쓰러져 포기할 수 있어도 차곡차곡 쌓인 내 모습에 감동했다. 그렇게 삶은 완성이 되어가는 것이다. 하나의 삶은 하나로 끝나는 게 아니다. 기록은 영원해 누군가의 오감으로 들어가 새로운 형태로 재탄생한다. 죽는 게 아니라 다시 사는 것이다. 그래서 자신의 삶을 사랑해야 한다. 결국에는 나말고 더 나를 사랑할 자가 없다. 당신과 나, 스스로를 뜨겁게 사랑하고 서로의 방식으로 살다가 거기서 만나자. 마음이 한데로 모인 그곳에서 만나 뜨겁게 포옹하자.

꾸다

꾸던 꿈,

마저 꾸세요.

어느 고등학교 졸업식에 참석했을 때의 일이다. 직장에서는 자매결연 학교와 교류하기 위해 매년 표창장과 선물을 보내고 있었다. 나는 당시 담당 실무자로서 행사에 참석했다. 전달한 물건들이 학생들에게 잘 전해지는 것을 확인하고 뒤돌아서던 찰나 갑자기 암전이 되었다. 졸업식이라는 화기애애한 분위기에 맞지 않게 어두워지니 다들 웅성거리기 시작했다. 잠시 뒤 스크린에 동영상 한 편이 틀어졌는데, 학교에서 졸업생들을 위해 만든 환송 영상이었다. 학교에서 이런 깜짝 이벤트를 준비했다는 사실이 내게는 적잖은 신선함으로 다가왔다. 맡은 일은 모두 끝났지만, 마음이 끌려 자리를 잡고 시청하기 시작했다.

감성대장간

지난 3년간의 모든 시간이 농축되어 고스란히 영상에 담겨 있었다. 스승과 제자와의 애틋한 이별을 보니 괜스레 눈물이 났다. 지난 시간에 묻어둔 서로의 이야기를 무엇으로 다 설명하랴. 학생이든 선생이든 못한 것만 떠올랐으리라. 더 잘해줄 걸이라는 아쉬운 마음과 함께. 덕분에 나의 학창 시절도 떠올라 한참을 추억에 젖었다. 영상이 마지막을 향해 치닫자 여기저기서 눈물 소리가 났다. 무엇보다도 영상 끝에 떠오른 문구가 내 마음을 때렸다.

"꾸던 꿈, 마저 꾸라."

이 짧은 문장이 얼마나 가슴에 사무쳤는지 모른다. 강력한 메시지였다. 지난날의 모습에 너무 연연하지 말라는 말이었다. 앞으로의 이야기는 또 써나가면 된다는 위로였다. 눈물 소리가 강으로 흐르더니 바다가 되었다. 학생들의 눈빛은 침묵의 약속을 내걸었다. 나도 모두가 그렇게 되길 간절히 빌었다.

당신이 얼마나 어렵고 힘든지, 얼마나 많은 것과 타협하며 살아왔는지, 얼마나 가능성 있는 지난날을 떠나보냈는지 나는 잘 모르겠다. 그러나 한 가지 분명한 것은 지난날 당신 안에서 품었던 소망이 아직도 살아있다는 것이다. 지금 살아있는 걸 보면 분명하다. 이는 얼핏 교과서 같은 이야기처럼 보여도 사실이다. 소망 없이는 한시도 살 수 없는 게 사람이기 때문이다. 그런 의미에서 그날 내가 받은 감동을 그대에게 다시 한번 전하고 싶다.

꾸던 꿈, 마저 꾸길 바란다.
우리 삶, 한낱 꿈처럼 그렇게 짧기에.

피하다

나무가 걸작이 되길 원한다면서
대패질을 피하면 되겠는지요.

때론 시련 앞에 담담해져 봐요.
그 사이에 당신은 단단해질 테니.

우리다

우려하는 것 좀

이제 그만 우려먹어요.

간단한 티백으로 즐기는 둥굴레차는 사랑이다. 그 고소함과 향은 살아갈 이유가 된다. 더운물에 둥굴레를 풍덩 담갔다. 색이 퍼지는 것에 감탄하고 향이 퍼지는 것에 다시 감탄한다. 입에 한 모금 담고 이리저리 굴려본다. 아뿔싸, 어제 못한 일과 오늘 해야 할 일로 걱정이 태산이다. 걱정에 걱정이 더해져 결국 문제가 된다. 차 한 잔을 홀딱 비우고 다시 더운물을 채우려 하니 티백이 말한다.

"그만 우려먹어라."

감성대장간

하다

—

우리는 되고 싶은 사람이
되어가는 중입니다.

┃

민족 대명절이라는 말을 실감한다. 고향에 내려갔다가 다시 돌아오는 시간으로 꼬박 하루를 쓴다. 그때마다 나는 21세기가 원하는 창의적인 인재가 된다. 원활한 귀성길을 위해 지하터널로 시작해서 공중부양 자동차 그리고 순간 이동 기술까지 여러 가지 면을 고민해보기 때문이다. 이런 위대한 생각을 하게 하는 주체는 우리 아이들이다. 등지고 살았던 이공계열에 대해 고민하게 하니 감사할 따름이다.

이번 명절도 어김없이 집에 돌아오는 데만 아홉 시간을 썼다. 말이 아홉 시간이지 운전대 뒤에서 찌르는 심리적 압박감은 족히 두 배는 될 것이다. 출발한 지 한 시간이 채 되지도 않아 아이들의 질문 세례가 시작되었다.

"아빠, 언제 도착해요?"

아이들의 질문이 가진 원대한 가능성을 짓밟아서는 안 된다. 그것은 죄다. 나는 여덟 시간이 남았다고 아주 친절하고 상냥하게 대답했다. 그러나 얼마 안 가 나는 죄인이 되고야 말았다. 어림잡아 십 분 간격으로 받는 질문 세례는 자꾸만 운전의 목적을 잃게 했다. 질문도 변칙적이어서 쉽게 대응하기 어려웠다. 나는 분명 가고 있었으나 아이들은 멈췄다고 생각했다. 왠지 억울했다.

삶의 깨달음은 종종 예상치 못한 곳에서 일어난다. 그 억울한 고속도로 위에서 나는 이런저런 생각을 하게 되었다. 다양한 매체를 통해서 전해지는 누군가의 성공담은 우리 삶에 강력한 자극제가 된다. 관조하는 입장에서 자신의 삶을 들여다보는 좋은 기회로 삼을 수 있기 때문이다. 그러나 그것이 늘 긍정적인 효과만을 주는 것은 아니다. 열심히 살아온 지난 과거를 부정하거나 증오하는 데에 큰 영향을 끼치기도 한다. 생각보다 초라한 현실을 마주하면 삶의 의욕마저도 저하된다.

감성대장간

그러나 나는 그럴 필요가 전혀 없다고 말하고 싶다. 우리의 삶은 그 자체로서 의미 있고 가치 있기 때문이다. 손에 쥔 물질로 삶을 비교하는 일은 인생의 하수들이나 하는 짓이다. 많은 것을 가졌는데도 인색하고 부도덕한 사람이 넘쳐난다. 이 세상은 선뜻 자신의 것을 내어주는 선한 사람들에 의해 살맛 나게 되었다. 이게 중요하다.

우리는 이 순간에도 되고 싶은 사람이 되어가는 중이다. 그러나 타인은 너무 느리다고 타박한다. 본인도 같은 고속도로를 거닐면서 충고를 하니 얼마나 기막힌 일인가. 이런 말에 너무 큰 의미를 두어선 안 된다. 되고 싶은 사람이 되어가는 사람에게는 생기가 있다. 생기는 자기 삶을 능동적으로 이끄는 사람에게만 주어지는 특권이다. 정말 가슴 벅찬 일이다. 어떤 일이 있어도 삶을 비관하지 마라. 지금은 그 과정일 뿐 아직 도달하지 않았을 뿐이다. 가고 있다는 것, 그것이 진짜다.

나는 결국 도착하여, 아이들에게 외쳤다.
"일어나, 집에 다 왔다고!"

매달리다

—

죽고자 벼랑에 섰을 때,
그 아래에는

❚

살고자
매달린 사람들이
있었다.

맞다

—

사는 일이란 정답과 오답 사이에
No답일지도 모르겠습니다.

|

    말보다는 글과 더 친하다. 글을 만날 때는 빠릿빠릿하면서도 말을 만나면 굼떠진다. 아무래도 말은 충분히 예열할 수 없어서다. 글은 나오는 즉시 증거가 되기에 신중하다. 그래서 쉼표 하나 찍는 일에도 목숨을 건다. 그 보잘것없는 쉼표 한 점이 인생을 바꿔놓는다. 허나 말은 나오는 순간 나 몰라라 한다. 충분히 수련되어 있지 않으면 그대로 추락이다. 몇 마디 때문에 목숨 걸고 다투는 일이 허다하다. 말이 글보다 탈이 많은 이유다. 그래서 그런지 말을 하려면 마음이 불편할 때가 많다.

    이런 내가 변변찮은 말솜씨로 남들 앞에 서게 된 적이 있었다. 거의 살인에 가까운 행위였다. 죽지 않기 위해 새벽

부터 때 빼고 광내고 차려입었다. 긴장을 숨기려고 수를 쓴 것이다. 연습한 대로 하면 된다는 허영심으로 강단에 올라섰다. 관점의 전환, 오답에서도 새로운 아이디어를 찾을 수 있다는 메시지를 전하려고 했다. 강연을 시작하며 나는 청중에게 물었다.

"여러분, 답에는 어떤 게 있을까요?"

내심 오답과 정답이라는 대답을 기대했지만 아무도 소리 내지 않아 오히려 고마웠다. 다들 서로의 눈치만 볼 뿐이었다. 이제 달달 외운 원고를 잘 암송하면 임무 완수였다. 막 준비된 말을 하려는데, 맨 뒤에 있던 젊은이가 손을 들며 말했다. "노답이요." 기막힌 발성에 나는 아주 잠시 죽었다가 되살아났다. 예상치 못한 공격을 무엇으로 방어하랴. 나는 속절없이 무너지고야 말았다.

그날 나의 발표는 망한 것이나 다름없었다. 자존심을 내려놓자면 사실 망했다고 고백해본다. 나름대로 고민한 진리를 말하려는데 노답이 머리를 휘저었다. 입이 무언가 말할

감성대장간

때마다 머리에서는 답이 없다고 하니 미칠 노릇이었다. 꾸역꾸역 원고를 뱉어내고 도망치듯 그곳을 빠져나왔다. 오답에서 정답을 찾자고 말하고선 발표의 오답을 보여줬으니 도망쳐야만 했다.

차 속에서 애먹은 가슴을 달랬다. 얼마나 당황했는지 모른다. 옷은 땀으로 도배되었고, 얼굴에는 핏기가 없었다. 정답, 오답 그리고 노답을 차례로 떠올렸다. 이상하게 정답과 오답보다는 노답에 이끌렸다. 늘 정답과 오답을 찾느라 흘려보내는 삶이었다. 그 사이에 있는 애매하게 발을 걸치고 있는 노답이 부러웠다. 답을 찾지 못했을 때 난감하던 나날이 어디 하루 이틀이던가. 어떨 때는 모른다고 구박받고 무시당한 적도 있다. 그런데 노답이라니. 머릿속 정답과 오답이 쩍쩍 갈라지며 가루가 되었다.

사는 일이란 정답과 오답 사이에 노답이다. 그래서 답을 찾지 못했다고 너무 슬퍼하지 않아도 된다. 그건 당신 잘못이 아니다. 답이 없는 것이다. 정답이라 하는 것은 단지 그럴 것이라고 짐작하는 것이다. 어쩌면 제발 그러기를 바라는 것이다. 손끝의 지문을 들여다보라. 그 옹기종기 모여 있는 선들은 오로지 나를 인증한다. 다른 사람은 당신을 대체할 수 없다. 그런데 어찌 다른 사람의 정답이 나에게도 정답일 수 있는가. 그건 틀리다. 절대 맞아서도 안 된다.

정답을 말하려고 준비된 자리에서 오히려 정답을 얻었다. 나라는 그 유일한 존재의 기품을 어찌 다 표현할 수 있으랴. 이날 평생을 살아내고 있는 그 정신을 어찌 정답이라는 그 가증스러운 것에 맡길 수 있겠는가. 당신의 삶에 정답을 끼워 넣으려는 수고는 그만두어라. 답에서 자유로워져라. 자신의 생각과 판단을 신뢰하라. 그러면서 자라는 것이다. 죽는 그 순간까지.

쉬다

쉼은 앞으로 가지 않으나
뒤로 밀리지 않게 해요.

오늘도 잘 살아낸 당신,
쉬는 것에 인색하지 말아요.

'휴~' 한숨이 절로 나온다면,
'休쉴 휴' 제발 쉬라는 신호라고 생각하세요.

아, 쉼이 있다는 게
얼마나 아름다운 것인지요.

맡다

길고 크다고 쓸모 있고,

짧고 작다고 쓸모없는 건 아니에요.

군인에서 민간인으로 신분이 바뀌면서 군 관사를 떠나야만 했다. 1~2년에 한 번꼴로 자주 하던 이사인데 이번에는 느낌이 달랐다. 낙동강 오리알 신세가 이런 상황을 두고 하는 말일까. 모든 것이 낯설고 불안했다. 애초에 집이라는 게 많은 걸 고려해야 하는 것인데, 항상 직책과 임무에 따라 거처를 옮겼으니 당연한 일이었다. 고향으로 다시 내려가자니 괜히 눈치도 보이고 알 수 없는 걱정이 밀려왔다. 그래서 근처에 터를 잡기로 아내와 결정했다. 그렇게 평범한 가정의 변화가 시작되었다.

이사를 하고 나서 이것저것 수리하고 꾸미기도 하며 바쁜 날을 보냈다. 청춘남녀에게 아이가 먼저 생겨 시작한 결혼생활이라 그런 게 처음이었다. 그래서 신혼의 느낌을 이사한 집에서 느꼈다. 물론 아이들은 이제 그만 끝내자고 아우성이었지만, 아내와 나는 서로를 마주 볼 때마다 미소 지었다. 가족의 의견이 모여 정리가 마무리되어 갔다. 비로소 나는 완전한 민간인이 되었다. 사회의 첫 보금자리가 이렇게 의미가 큰 것인지 처음 알았다. 새로운 집에서 써 내려갈 우리의 이야기가 기대되었다.

페인트칠한다고 잠깐 떼놓은 방문만 다시 달면 정말 끝이었다. 아, 얼마나 기다린 순간인가. 얼른 문짝을 달고 고슬고슬한 쌀밥에 어머니께서 보내주신 김치를 얹어 먹고 싶었다. 딸아이에게 드라이버를 가져다 달라고 부탁했다. 딸이 어떤 드라이버를 가져다주냐고 물었다. 나는 '좋은 거'라고 말했다. 사실 나는 전동 드라이버를 생각하며 한 말이었다. 유종의 미를 위해서 꼭 필요한 도구였다. 조금 있으니 딸은 집에 있던 드라이버 중 가장 큰 드라이버를 가져다주었다. 어린 마음에 큰 게 좋은 거라고 생각했던 것이다. 그때 무언가 마음속으로 깊이 파고들어 왔다.

딸아이의 머리를 한 번 쓰다듬고 필요한 드라이버를 가

지러 창고에 갔다. 즐비한 드라이버들을 보니 딸의 고민을 충분히 이해할 수 있었다. 천천히 드라이버들의 생김새에 집중했다. 길이가 길고 짧은 것부터 모양이 일자인 것과 십자인 것이 있었다. 어디서 굴러들어온 건지 모르지만 각진 드라이버도 있었다. 손잡이도 가지각색이다. 주먹도끼처럼 손잡이가 안정적인 게 있고, 손가락 힘으로만 돌릴 수 있어 애먹이는 녀석도 있다. 모두가 필요에 의해 태어나 자기 생긴 대로 사는 드라이버다. 지금은 비록 창고에 갇혀있지만 한때는 모두 잘나갔던 친구들이다. 마침 오늘처럼 일이 있으면 불타는 사명감으로 제 몫을 다한다. 좋고 나쁨이 없다.

가끔 깊이 고민하지 않고 지레 판단하는 나를 본다. 눈이 있기에 생기는 오류다. 생각을 짧게 해 열량 소비를 줄이려는 뇌의 음흉한 속셈이다. 길고 크면 어딘가 모르게 강하거나 좋을 것으로 보인다. 짧고 작으면 약하거나 부족할 것 같고 아쉬움이 있는 것 같다. 보이는 게 다가 아닌 걸 알면서도 보이는 걸 다라고 여긴다. 이러고 다음에 또 속을 게 분명하다. 나라는 사람은 그토록 아둔하다. 그나마 다행인 것은 딸아이의 탁월한 선택이 나를 깨달음으로 인도했다는 사실이다.

　문짝을 달 전동 드라이버를 챙겨 나왔다. 마지막 나사로 문과 경첩의 사이를 잇자 비로소 이사가 끝났다. 함께 온 생각의 결도 잠잠해지며 정리되었다. 길고 크다고 쓸모 있고, 짧고 작다고 쓸모없는 게 아니라 각자 맡은 사명이 다를 뿐이라고.

남다

오늘의 의지와 가능성이
남은 삶 중에서 가장 젊어요.

남은 삶 중에서 오늘이 가장 젊은 날이라고 어떤 노래에서 그랬다. 기가 막힌 표현이다. 가장 젊은 날의 활력을 기틀로 삼아 앞으로의 인생길로 나아가면 되니 말이다. 찬바람 쌩쌩 불고 진흙탕 같은 삶이지만 지금까지 해온 것들을 돌아보면 기특하다는 생각도 든다. 사랑 앞에서 너 없인 못 살겠다고 했는데 이렇게 버젓이 살아있다. 일을 그르쳐 인생은 이제 끝났다고 생각했는데 내일 어떻게 살지 궁리한다. 이 모든 일은 젊기에 가능한 일이다. 그래서 살아남을 수 있었다. 오늘이 그 자체로 젊음이라는 깨달음이 깨질까 봐 마음에 조심스레 넣었다.

멋지지 않으면 어떤가.

당신의 그 젊음을 믿고 나아가길 바란다.

앞으로 올 날도 살아갈 날도 오직 젊음뿐이다.

신뢰하다

가쁨 뒤에 올 기쁨.
그것을 믿어요.

　통통한 뱃살을 내려다보니 발이 보일랑 말랑 했다. 한쪽에서는 전쟁이 시작되었다. 아직 발이 보이니 괜찮다는 편과 이건 좀 심하다는 편과의 대립이었다. 그간의 풍족함을 반성하며 살을 빼겠다고 마음먹었다. 어디서 들은 건 있어서 온 가족에게 나는 이제 달릴 것이라고 천명闡明했다. 이렇게 하면 목표 달성에 도움이 된다고 언뜻 배웠기 때문이다. 강한 의지로 현관을 나섰다. 하루 이틀이면 적응될 줄 알았는데 시간이 지날수록 다음날이 두려웠다. 평소에 하지 않던 운동이라 온몸이 아팠다. 그래도 내뱉은 말이 있어 꾹 참고 밖으로 나갔다. 모두 앞에 천명하라던 그 동기부여 교육을 원망하면서.

참 신기한 것은 이 달리기라는 게 한편의 모노드라마나 다름이 없다는 사실이다. 달리기 전에는 옷을 갈아입을까 말까 고민한다. 속에서는 온갖 감정의 잡동사니가 서로 잘났다며 다툰다. 옷을 갈아입고 뛸까 말까 고민하고 뛰면서도 그만둘까 말까를 계속 갈등한다. 매 순간이 고비이고 선택의 연속이다. 그러나 고비 앞에서 목표한 대로 선택하는 결단은 삶의 그 다음 장면을 아주 격동적으로 만들었다. 끝까지 목표치를 달성하고 걸음이 느려지는 순간의 그 기쁨이란 말로 설명할 수가 없다. 그 만족감이란 세상 어떤 것에 견주어도 비교가 안 된다. 숨이 가빠 멈추고 싶은 마음이 굴뚝같으면서도 나와의 싸움에서 승리하는 일이 정말 어깨를 으쓱하게 한다. 결과보다는 과정을 지향하는 시나리오다. 이것은 온전히 의지로 만들어낸 인간극장이다.

　나는 달리기 안에 숨겨진 보석을 찾으려고 애썼다. 세상 어느 일이 내 맘처럼 될까. 그게 어렵기 때문에 다들 머리 싸매고 사는 것 아니겠는가. 숨이 가쁘다고 멈추면 안 된다. 정말 중요한 시점이다. 정말 목표를 이루고자 하는 마음이 있다면 힘들다는 말을 아껴야 한다. 힘들다는 말로 주저앉으

담금

면 다다른 정상에 서지 못하게 된다. 가쁘다는 것은 잘하고 있다는 뜻이다. 그리고 제대로 하고 있다는 증거다.

결과가 좋아서 만족을 얻는 것은 오래가지 못한다. 그것은 다른 결과에 쉬이 따라잡히고 기준이 변하면 물거품이 된다. 그러나 과정의 마디마디에서 고비를 넘는 일은 오랫동안 남는다. 종종 접하는 성공 스토리를 들여다보면 잘 알 수 있다. 결과는 단 한 줄이지만, 그것을 이룬 영웅담은 책 몇 권짜리라는 사실을 말이다.

땅바닥을 발로 밀어내며 나아가던 그 순간순간의 정신을 나는 믿는다. 그리고 우리는 결국 그것 때문에 살 수 있다. 숨이 가쁜가. 그만두고 싶은가. 한마디만 얹어 주고 싶다.

기쁨, 반드시 온다.
지금 가쁘다면.

오다

미래未來.
아직 오지 않았다는 뜻.

이런 해석은 어떨까요.

美아름다울 미, 來올 래
아름다움이 온다.

당신 이야기를
미리 하고 싶었어요.

열다

━

남 이상以上이 될 거라면서
남 이상理想대로 살아왔네요.

▌

일어나 습관처럼 물부터 데운다. 매일 아침 홀짝거리는
커피인데도 맛이 쓰다. 남들은 향이 깊다느니 신맛이 난다
느니 잘도 찾던데, 나는 그걸 찾지 못하는 영원한 술래다.
그런데 찾지 못하는 게 삶에서 어디 그것뿐이랴. 손톱깎이
하나도 제대로 찾지 못하는 나는 늘 아내의 도움을 받아야
한다. 화장지는 또 어디 있는지 딸의 손길이 아니라면 분명
사람답게 못 살 터다. 그리고 보면 못 찾는 재주는 어릴 때
도 마찬가지였다. 동무들과 숨바꼭질을 해도 나는 영 찾는
일에는 젬병이었다. 얼마나 기가 막히게 잘도 숨는지 도무
지 찾을 수가 없었다. 허공에다 못 찾겠다 꾀꼬리하며 눈물
을 질질 짜는 일이 잦았다. 그래서 그런지 무언가 찾는 일을

감성대장간

그다지 좋아하지 않는다.

커피 한 모금을 넘기며 보이는 뿌연 창문 너머가 흐릿하게 보인다. 보여주지 않으려면 확 가릴 것이지 애매하게 보여주는 창문이 밉다. 선명하게 보고 싶은 욕망이 들끓지만 굳이 그럴 필요가 있냐는 생각이 앞선다. 지금의 이 평안과 무료가 좋다. 열어봤자 뻔하다. 솜이 푹 꺼져 내 몸에 맞춰 있는 의자 위에서 스스로를 다독인다. 다시 맛도 모르는 커피 한 모금을 넘기며 품위 있는 척해 본다. 창문이 계속 거슬린다. 내 몸은 창문을 완강히 거부하여 돌아섰지만, 온 신경은 거기에 쏠려 있다. 누가 나를 조종하는 것 같아 불쾌하다. 뿌연 창문 너머로 비치는 세상이 나를 부르는 것 같았다. 그 부름에 응하지 않는다면 후회할 게 분명했다. 세상의 온전한 색감과 형상을 온몸으로 받아내고 싶었다.

무언가에 홀렸다는 게 이런 것일까. 나도 모르는 사이 창문을 열어젖혔다. 창문 뒤에 숨었던 영롱한 색의 향연이 눈앞에 펼쳐졌다. 그 색감이 얼마나 강렬한지 그대로 굳었다. 장마 기운을 잔뜩 먹은 더운 공기가 뺨을 스쳤다. 에어컨 바람에 냉랭해진 몸이 평정심을 찾았다. 이내 처음 맡아본 향기가 코를 찔렀다. 마음에 큰 만족감이 부풀어 올랐다. 창문을 열어 새로운 감성을 찾게 된 것이다. 가려있던 색과 느낌, 향을 찾았다는 기쁨이 내 몸을 감쌌다. 그리고 삶에 대한 조잡스러운 생각의 조각들이 모여든다. 단지 창문을 여는 아주 간단한 일에도 주저하던 나와 마주했다. 갖은 이유를 붙여가며 제자리를 굳게 지키는 나 자신 말이다. 결단하지 않았다면 느끼지 못했을 이 신선한 느낌을 기억하려고 애썼다.

나에게 무언가 찾는 일은 상당히 괴로운 일이었다. 어디에 있는지 모른다는 막막함이 스트레스를 불러일으키기 때문이다. 대체 어디로 가야 하는가에 대한 당혹감. 언제까지 술래를 해야 하는지에 대한 막연함. 찾지 못하면 놀림당할 것이라는 불안감. 이 모든 것이 나를 주저하게 만든 장본인이었다. 그래서 한 치 앞도 보지 못하는 나의 삶은 항상 전전긍긍하는 모습이었다. 그러나 나는 찾는 일이 하나도 두려운 게 아니라는 것을 알았다. 그것은 내가 살아있다는 증거다. 나의 이상이 실현되는 일이다. 정복하지 못하더라도 언저리에 닿을 수 있는 귀한 경험이다.

이제 와 보면, 다들 끝내주는 일이라며 누군가 정해 놓은 타이틀에 갇혀 살았다. 그러나 그것은 끝내주는 일이 아니라 나를 끝내는 일이었다. 묽은 시멘트가 거푸집에 들어가 딱딱하게 굳는 일과 같았다. 나 없는 나로 산 시간은 참말로 아까운 시간이었다. 평생을 남 이상以上이 되겠다고 살아왔으면서 고작 남 이상理想대로 살고 있었기 때문이다. 이상은 원래 정확한 모습을 보이지 않는다. 그렇지 않으면 사는 일에 구분이 없어진다. 그렇다고 아예 보이지 않는 것도 아니다. 어렴풋한 실루엣으로 살랑살랑 흔들리고 있다.

이상의 실루엣을 보면서도 그것을 외면한 지난날이 아쉽다. 무엇보다 몸과 머리가 편하고 싶은 마음에 남의 이상을 삶에 끼워 넣은 게 후회된다. 분명 그 뿌연 창문은 나에게 남의 이상과 같은 것이었다. 그래도 나의 눈에 박히고, 피부를 스치고, 코에 들어온 그 느낌이 나를 위로한다. 삶은 하거나 하지 않거나 둘 중 하나다. 매우 조촐한 선택이 삶의 품격을 다르게 만든다. 삶이 맑아지는 아침, 타 놓은 커피가 다 식었다. 이제는 술래를 끝내야겠다.

짓다

내가 밟고 선 그곳에서
우리는 다시 서게 돼요.

　　눅눅한 베개에 코를 박고 진한 체취를 들이마셨다. 지금
이 영원할 것처럼 살았던 거만함이 숨을 막히게 했다. 이러
다 죽겠다 싶어 벌떡 일어나 앉았다. 조그마한 희망을 걸고
방구석에서 삶의 청사진을 그리기 시작했다. 역시 잘 그려
지지 않았다. 나에게는 삶을 극적으로 변화시킬 만한 새로
운 느낌이 필요했다. 어디선가 여행이 삶을 환기시켜 준다
는 소리를 들었다. 그 찰나의 순간들, 만나는 순간 떠나가는
바다, 색이 다른 신선한 풍경, 언제 다시 스칠지 알 수 없는
사람들. 이 모든 게 삶을 알아가는 묘미라고 그러면서. 두려
운 마음에 습관처럼 미뤄온 여행을 하기로 마음먹었다. 기
대감에 한껏 가득 차 목적지로 향했다. 그러나 '집 나가면 고

생'이라는 말이 절로 나왔다.

다른 방법을 찾아 외식의 길에 올랐다. 평소 엄두도 내지 못한 음식 앞에 서면 여러 감정이 몰아친다고 누군가 귀띔해줬기 때문이다. 집을 나설 때 먹을 것을 이미 다 정해놓았는데 자꾸 흔들린다. 늘 먹던 단골집 간판들에게 거칠게 휘둘렸다. 오늘은 중요한 날이라고 공지하고 줏대 있게 발걸음을 재촉했다. 사람들이 바글거리는 그곳에서 나는 처음 써보는 연장들을 쥐고 음식을 부숴 먹었다. 먹기 전부터 이미 싱글벙글하는 나를 발견하고 기뻤다. 삶을 감쌌던 탁한 공기를 신선하게 바꿀 수 있다는 기대감에 사로잡혔다. 그러나 남김없이 비우고도 문밖을 나서며 무의식적으로 한마디를 내뱉었다. 역시 '집밥이 최고'라고.

여행을 떠나거나 거한 외식을 해봤다면 한 번쯤은 나와 같은 기분을 느껴봤을 것이다. 참 신기한 일이다. 아무리 작고 볼품없어도 그 침침하고 작은 내 방에 누울 때 편안함을 느낀다. 바다가 보이는 테라스나 푹신한 호텔식 침구류가 없어도 내 방이 지상낙원이다. 음식도 마찬가지다. 밥상에 고기반찬이 없어도 어머니가 싸준 나물 몇 가지면 밥을 두 공기나 비운다. 경품으로 받은 플라스틱 통에 담긴 반찬에는 따뜻한 정과 간절한 기도가 있다. 나는 이러한 것들이 아주 특별하게 느껴진다. 이때야말로 자존감이 솟구치는 순간임을 느끼기 때문이다. 아주 작은 일을 만족스럽게 느끼는 것은 자기 존재를 확실하게 만든다. 타인의 칭찬이나 가득한 금전이 없더라도 이때 스스로가 귀한 사람이 된다. 자존감이 상승하는 것이다.

자존이라는 말을 찾아보니 상당히 어렵게 느껴졌다. 아무래도 많은 단어의 기준이 물질적인 것들과 결탁하기 때문이다. 그렇다고 해서 그 의미가 완전히 사라지는 것은 아니다. 본래 의미를 되찾는 일은 시간문제다. 선물 포장지를 뜯는 일처럼 간단하다. 사전에 자존은 '자기의 품위를 스스로 지키는 일'이라고 쓰여 있다. 이 말은 스스로가 거룩해진다는 의미다. 나는 내 삶 밖에 있는 것들로 자존감을 판단해왔다. 그러나 그런 것들로는 나를 귀하게 여길 수 없었다. 나는 자존이라는 글자를 조금 비틀어보기로 했다. 그랬더니 노트에 적은 자존이라는 글자가 다르게 보였다. 自(스스로 자), Zone(특별한 구역)이라는 형식으로 다시 보게 된 것이다. 현시대에 우리는 자존감 회복을 위해 많은 저서와 강연 등으로 도움을 받는다. 나를 잘 돌보지 못하는 우리의 자화상이다. 그러나 단어를 조금 비틀어보니 새로운 대안이 보였다. 스스로의 영역에서 우리는 만족하고 특별해진다는 사실이었다.

세상이 저마다 가져야 할 가치를 획일화하고 있다고 생각한다. 살면서 우리 마음에 '이게 전부가 아닌데'라는 마음이 드는 게 그 이유다. 아무리 꼬질꼬질해도 내 집에 있는 게 행복한 것이다. 조금 부족해 보여도 집밥은 그 어느 음식도 못 따라간다. 나의 영역에 있을 때 스스로 특별해지고 만족스러운 것이다. 그래서 나는 당신에게 이렇게 주문하고 싶다. 스스로의 영역을 굳게 지키라고. 나의 꿈과 일, 신앙, 가치와 철학, 사람, 기타 눈에 보이지 않는 좋은 것들을 말이다. 그럴 때 당신은 자존하게 된다. 누군가가 이거 좋다고 한 거 말고, 내가 좋다고 하는 것들로 삶을 무장하라. 비록 쓰러지더라도 그곳에서 다시 일어서게 될 것이다.

잊다

_

나도 꽃이라는 것,

그걸 잊지 마세요.

▌

　화원에 들렀다.

　문을 열자마자 코를 가득 채우는 꽃향기가, 그동안 살아
왔던 세계와 다른 곳임을 직감하게 했다. 꽃은 그자체로서
설렘이 있다. 꽃을 선물해야겠다는 마음, 꽃을 사러 가는 길,
꽃을 고르고 안기러 가는 길, 꽃을 선물하고 함께 걷는 길로
이어지는 모든 순간이 떨림이다. 그래서 받았을 때보다 줄
때가 여운이 진하다. 결혼 10주년을 맞이해 준비할 꽃으로
나는 충분히 설레 있었다.

　이름 모를 꽃들이 즐비하게 늘어서 선택의 갈등을 일으
켰으나 한가지는 분명했다. 나는 아름다움에 둘러싸여 있었
다. 영광스러운 날, 다발 안에 들어갈 꽃을 고르는 일은 생

각보다 쉽지 않았다. 꽃 하나하나가 가진 아름다움으로 우열을 가린다는 게 큰 죄처럼 느껴졌다. 꽃들은 자기를 뽑아달라고 애원하지도 않았다. 오히려 자기 옆에 있는 꽃이 예쁘다며 연신 칭찬하고 있었다. 마치 스스로가 얼마나 아름다운지를 모르는 것 같았다.

한참을 고르고 있을 무렵, 꽃을 담아둔 냉장고 유리에 비친 내가 보였다. 그 모습에 낯부끄러운 면이 있었지만 피하지 않았다. 그러자 투명한 유리 너머에 있는 꽃과 내가 겹치기 시작했다. 내가 꽃인지 꽃이 나인지 분간이 안 됐다. 아름답고 예뻤다. 그 순간 세상 맑은 눈망울을 가지고도 나를 제대로 본 적이 없다는 것을 알아차렸다. 본래 스스로를 볼 수 없다는 말이 더 정확할 것이다. 기껏해야 유리나 거울에 비친 왜곡된 나를 볼 수 있을 뿐이다. 나의 진정한 아름다움은 무엇일까. 갑자기 그것이 궁금해 미칠 지경이었다. 그러자 꽃들 사이로 뿜어 나온 산뜻한 목소리가 나에게 답했다.

"너도 꽃이야. 그걸 잊지 마."

세상에는 멋지고 아름답게 살아가는 사람이 많다. 때때로 그런 사람들의 삶이 누군가에게 나침반이 된다는 건 무척 괜찮은 일이다. 하지만 나침반이 척도가 되어, 자신을 말라비틀어진 꽃처럼 대할 때가 얼마나 많던가. 그런 의미에서 나도 꽃처럼 아름답다는 사실을 잊지 않으려고 애썼다. 나를 제대로 본 적이 없기 때문이지 추한 삶은 아니다. 그 어떤 삶도 그렇게 표현할 수 없다. 어떤 노랫말을 빌리자면 꽃보다도 아름다운 게 사람이다.

화원을 나서며 꽃다발만큼이나 내 마음도 풍성해져 있었다. 꽃다발과 함께 나는 스스로 꽃이 되었다. 마치 잊고 있던 기억을 찾은 것처럼 부끄럽지만 기뻤다. 무엇보다 한 사람 한 사람이 꽃이라는 생각에 눈에 비친 사람들이 더없이 소중하게 느껴졌다.

그대도 나도 꽃이다. 누군가의 마음을 떨게 할 그런 존재다. 나라는 향기가 온 세상에 그윽하게 퍼지는 날이 꼭 올 것이다. 그때까지 스스로를 꺾지만 않는다면 그걸로 준비는 족하다.

잊지 마소서. 아름다운 그대여.

닫는 글

당신과 나,
서로가 이유입니다

벌써 떠나실 시간이군요.

헤어짐이란 늘 아쉬움을 남기는 법이지요. 더 잘해드리지 못한 게 계속 걸립니다. 어떻게 마음은 좀 추스르셨는지 모르겠습니다. 변변찮은 글 차림이라 부족함이 분명 있었을 텐데, 그래도 당신의 마음이 뭉클했다면 저는 그걸로 족합니다. 그 순간, 당신은 저에게 저는 당신에게 서로 이유가 된 것이니까요. 다음에는 더 좋은 이야깃거리를 준비해 놓겠다고 확언하지요.

밖을 나서면, 별로 변한 게 없는 세상에 야속하실 겁니

감성 대장간

다. 바쁜데 어디 갔다 왔느냐고 핀잔을 듣거나 세상물정 모른다고 손가락질당하실지도 모르겠네요. 그렇다고 삶을 다시 내치지는 마세요. 져도 괜찮습니다. 넘어지면 또 어떤가요. 우리는 그런대로 되고 싶은 사람이 되어가는 중인걸요. 완성된 쇠가 몇 번이나 담금질하며 강해지듯이 우리도 그렇게 더 단단해질 겁니다. 그러니 절대 스스로를 업신여기지 마세요.

불이 바람을 만나 비로소 본질을 깨닫듯이 당신의 꿈도 밝아지기를, 쇠가 온전히 달궈져 새빨갛게 변하듯이 당신의 삶도 변화되기를, 집게가 시뻘건 쇠를 집고도 속도가 아닌 방향을 잡듯이 당신의 길도 묵직해지기를, 메가 바라보던 지향이 결국 사람이었듯이 당신의 마음도 사람을 품기를, 다 만들어진 쇠가 끊임없이 담금질하듯이 당신의 시련이 곧 힘의 원천이 되기를 기도하겠습니다. 무엇보다 당신도 꽃이라는 것, 그걸 잊지 않기를 바랄게요.

이제 정말 가셔야겠네요. 이곳 감성대장간에서 풍기는

사람 냄새가 그립다면 언제든 오십시오. 기꺼이 그 향을 내 어드리겠습니다. 당신 가슴속 불이 진정으로 치솟기를 바라며.

2019년 11월

감성대장장이 이영진

감성대장간

초판 1쇄 발행 2019년 11월 27일

지은이 이영진
펴낸곳 글라이더 **펴낸이** 박정화
삽화 소리여행 **편집** 이정호 **디자인** 디자인뷰 **마케팅** 임호

등록 2012년 3월 28일(제2012-000066호)
주소 경기도 고양시 덕양구 화중로 130번길 14(아성프라자 601호)
전화 070)4685-5799 **팩스** 0303)0949-5799
전자우편 gliderbooks@hanmail.net **블로그** http://gliderbook.blog.me/
ISBN 979-11-7041-010-2 03810

이 도서의 국립중앙도서관 출판예정도서목록(CIP)은 서지정보유통지원시스
템 홈페이지(http://seoji.nl.go.kr)와 국가자료공동목록시스템(http://www.nl.
go.kr/kolisnet)에서 이용하실 수 있습니다. (CIP제어번호: CIP2019046255)

글라이더는 독자 여러분의 참신한 아이디어와 원고를 설레는 마음으로 기다리고 있습니다.
gliderbooks@hanmail.net 으로 기획의도와 개요를 보내 주세요. 꿈은 이루어집니다.